DRAGON FALL

2-Soson et Végétal

Texte et Dessins:

Nacho FERNÁNDEZ

Álvaro LÓPEZ

Traduction: Germanico LAPOSSE

Maquette de l'édition française: ACHILLE(S)

Une co-production:

AZAKE
Alarcón, 40-42
08930 SANT ADRIÁ DEL BESOS

AKILEOS
8 rue Stanislas Meunier
75020 PARIS
www.akileos.com

LEGENDS DIFFUSION
37ter rue Gustave Simonet
94200 IVRY SUR SEINE
www.legends.fr

Emmanuel BOUTEILLE &
Richard SAINT MARTIN
ÉDITEURS

Achevé d'imprimer en septembre 2006 en Espagne
ISBN: 2-915618-44-X
Dépôt légal octobre 2006

XXV GRAND TOURNOI DES ARTS MARTIAUX
Ville de Lépé
CAMALEÓN
NOUS SOMMES ENFIN ARRIVÉS!
IL FAUT DEMANDER OÙ SE TROUVE LE TOURNOI.
GRAND TOURNOI des ARTS MARTIAUX VILLE DE LEPE organisé par: La Maison de la Culture
INSCRIPTIONS
ALLEZ! PLUS VITE TU SERAS INSCRIT, PLUS VITE TU POURRAS COMMENCER À T'ENTRAÎNER.
DITES-MOI MAÎTRE, POURQUOI PORTEZ-VOUS CET HABIT?

BONJOUR, JE SUIS LE MAÎTRE TORDU. JE DÉSIRE ANNULER MON INSCRIPTION CAR JE SUIS DEVENU MOINE. MON PETIT-FILS SE BATTRA À MA PLACE. ÇA VOUS VA?
scriptions
SALE TRICHEUR! D'ABORD IL S'INSCRIT ET ENSUITE IL SE DÉFILE!
IL A PAS CHANGÉ!
SILENCE IGNORANTE! TU N'AS AUCUNE IDÉE DES RACLÉES DISTRIBUÉES PENDANT CE TOURNOI! JE ME SUIS INSCRIT UNIQUEMENT POUR GAGNER DU TEMPS!
ET LE SEUL MOYEN DE SE DÉSINSCRIRE EST D'ÊTRE RENTRÉ DANS LES ORDRES, C'EST ÇA?
EXACTEMENT! COMME TOUJOURS, LE VIEUX CHAUVE FAIT SON BLAIREAU.
HÉ HÉ HÉ
QUOI? TOI? LE MAÎTRE DES GRUGES!
COMBIEN DE TEMPS SANS NOUS VOIR! BIEN QUE POUR TOI, ÇA N'A SÛREMENT PAS ÉTÉ SUFFISANT. MES ÉLÈVES ET MOI SOMMES VENUS REMPORTER CE TOURNOI!

NOUS SOMMES RIVAUX DEPUIS DES ANNÉES ET NOS ÉCOLES NE SE SONT JAMAIS RÉCONCILIÉES...
C'EST POUR CELA QUE JE DÉSIRE QUE L'ON METTE NOS QUERELLES DE CÔTÉ. JE VEUX QUE TU PROFITES DE LA VICTOIRE QU'OBTIENDRONT MES ÉLÈVES.
QUEL BEAU PARLEUR...
HUMPF!
VOICI DONC MES DISCIPLES : TÉ SIN PAH...
ENCHANTÉ.
...ET HAVOC.
BONJOUR.
BEN...BEN MOI AUSSI J'AI PRÉSENTÉ UN DISCIPLE, SOSON GOKU, QUI VA UTILISER MA LÉGENDAIRE ET DÉVASTATRICE TECHNIQUE, LE KOME-JAME-HA!
...
J'AI TOUJOURS PENSÉ QUE C'ÉTAIT UN NOM RIDICULE POUR UN ART MARTIAL...
DE QUOI? J'AURAIS PU LUI DONNER UN NOM VRAIMENT BIDON COMME... JE SAIS PAS... «VAGUE DÉFERLANTE», HEIN?
SANS PLAISANTER, JE SUIS HEUREUX DE TE VOIR ICI. TU SERAS TÉMOIN DE L'ÉVÈNEMENT QUI APPORTERA ENFIN À MON ÉCOLE LE PRESTIGE ET LE SUCCÈS QUI LUI SONT DUS.
ET EN PLUS, JE VAIS ME FAIRE UN MAX DE THUNES, CE QUI NE FAIT PAS DE MAL, HÉ, HÉ, HÉ...

BON, C'EST PAS GRAVE... AVEC TON KOME-JAME-HA, TU VAS LE REMETTRE À SA PLACE. HEIN?
C'ÉTAIT QUOI ÇA DÉJÀ? J'AI OUBLIÉ!
COMMENT ÇA « J'AI OUBLIÉ »?
ET AU FAIT. VOUS ÊTES QUI MONSIEUR?
L'EXPLOSION DE LA BASE DE COMBAT DU RUBAN ROSE A DÛ TOUCHER SON CERVEAU... IL FAUT TOUJOURS QUE LES CHOSES EMPIRENT...
T'AURAIS PU NOUS LE DIRE AVANT MORVEUX.
PROHI FIJA
ET LE TOURNOI COMMENCE DANS DEUX JOURS... JE VAIS DEVOIR LUI RÉAPPRENDRE TOUT DEPUIS LE DÉBUT...
BON Y'A PAS NON PLUS GRAND CHOSE À SAVOIR.
BON, MOI JE VAIS FAIRE LES MAGASINS ET UN TOUR CHEZ L'ESTHÉTICIENNE...
JE METS TOUT SUR VOTRE ARDOISE OK?
POURQUOI AI-JE LA SENSATION QUE JE VAIS ROYALEMENT MERDER?
SNIF!
?
ET LE JOUR DU TOURNOI ARRIVA. DES GENS DES QUATRE COINS DU MONDE (OUI, BON, JE SAIS QUE LA TERRE EST RONDE, C'EST JUSTE UNE EXPRESSION HEIN!) SONT VENUS APPRÉCIER UN ÉVÉNEMENT INCROYABLE.
des ARTS MARTIAUX VILLE DE LEPE organisé par: La Maison de la Culture

BIENVENU À TOUS, AU PLUS IMPORTANT ÉVÉNEMENT SPORTIF DE LA PLANÈTE :
LE GRAND TOURNOI DES ARTS MARTIAUX!!
DEVANT VOUS, VONT S'AFFRONTER, DES COMBATTANTS À LA FORCE COLOSSALE!
ET UN SEUL SERA DÉCLARÉ LE CHAMPION DE CE TOURNOI!
LES PLUS PUISSANTS COMBATTANTS SE SONT RÉUNIS POUR CET ÉVÉNEMENT! NOUS ALLONS COMMENCER LES ÉLIMINATOIRES POUR DÉTERMINER LE TABLEAU DES PARTICIPANTS QUI VONT LUTTER SUR LE RING!
GRR!
KANO

BIEN SÛR QUE NON, ALVARO, LES AUTEURS N'ONT PAS LE DROIT DE PARTICIPER!

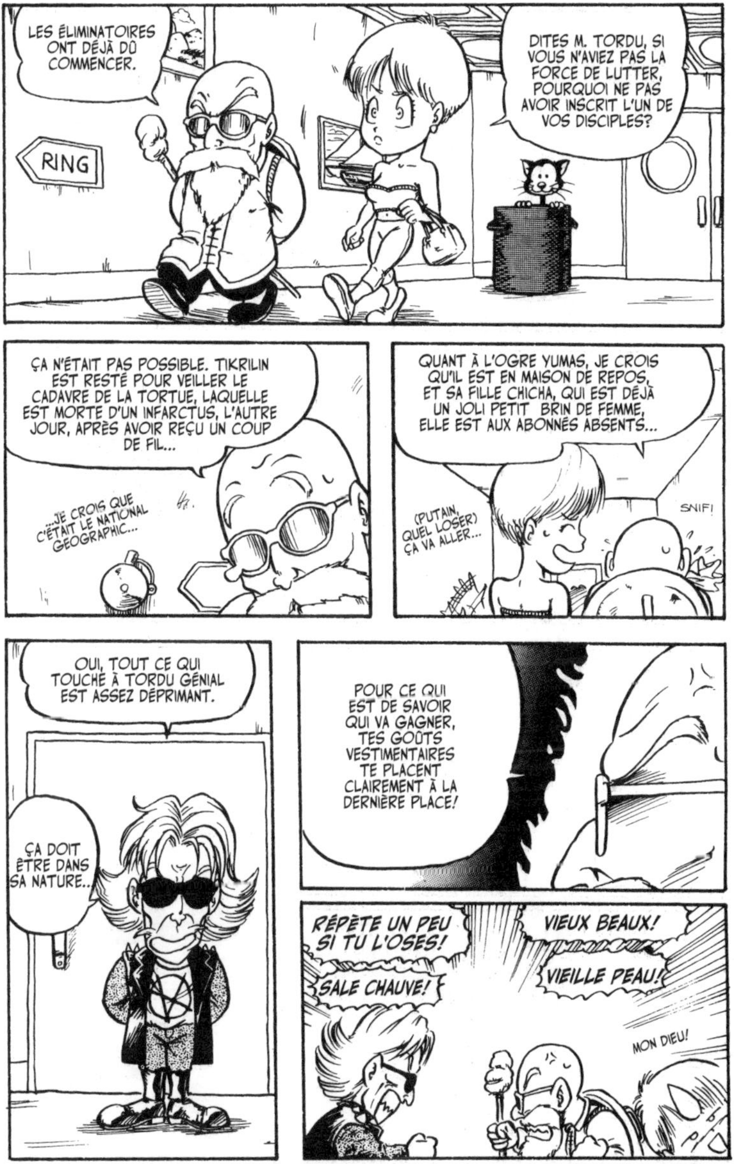
LES ÉLIMINATOIRES ONT DÉJÀ DÛ COMMENCER.
RING
DITES M. TORDU, SI VOUS N'AVIEZ PAS LA FORCE DE LUTTER, POURQUOI NE PAS AVOIR INSCRIT L'UN DE VOS DISCIPLES?
ÇA N'ÉTAIT PAS POSSIBLE. TIKRILIN EST RESTÉ POUR VEILLER LE CADAVRE DE LA TORTUE, LAQUELLE EST MORTE D'UN INFARCTUS, L'AUTRE JOUR, APRÈS AVOIR REÇU UN COUP DE FIL...
...JE CROIS QUE C'ÉTAIT LE NATIONAL GEOGRAPHIC...
QUANT À L'OGRE YUMAS, JE CROIS QU'IL EST EN MAISON DE REPOS, ET SA FILLE CHICHA, QUI EST DÉJÀ UN JOLI PETIT BRIN DE FEMME, ELLE EST AUX ABONNÉS ABSENTS...
(PUTAIN, QUEL LOSER) ÇA VA ALLER...
SNIF!
OUI, TOUT CE QUI TOUCHE À TORDU GÉNIAL EST ASSEZ DÉPRIMANT.
ÇA DOIT ÊTRE DANS SA NATURE...
POUR CE QUI EST DE SAVOIR QUI VA GAGNER, TES GOÛTS VESTIMENTAIRES TE PLACENT CLAIREMENT À LA DERNIÈRE PLACE!
RÉPÈTE UN PEU SI TU L'OSES!
VIEUX BEAUX!
VIEILLE PEAU!
SALE CHAUVE!
MON DIEU!

CONCURRENT TÉ SIN PAN, QUALIFIÉ!
¡SMAK!
KIAA!
AÏE!
¡URGLE!
CONCURRENT DHALSIM, QUALIFIÉ!
CONCURRENT... HEU... SOSON GOKU.. HEU... QUALIFIÉ... GLOUPS...
JE... JE... J'ABANDONNE...
AH? JE DEVAIS TAPER SUR L'AUTRE?

HMM...ON DIRAIT QUE CE SOSON GOKU EST ÉGALEMENT QUALIFIÉ POUR LE TOURNOI...
PATIENCE.
!!
IL A UN CHI TRÈS PUISSANT, TU VAS AVOIR DES PROBLÈMES AVEC LUI.
!!
TU SORS D'OÙ, TOI?
CONCURRENTE CHU LI, QUALIFIÉE!
UUUUNNGGJOOOLICCOUUP...
KANO
CONCURRENT FRANK CASTLE, DISQUALIFIÉ POUR TECHNIQUE NON AUTORISÉE !
QUOI? UN BON ENNEMI EST UN ENNEMI MORT!

COMBAT N°114 : HAVOC CONTRE BOGIE!
MANGE ÇA!
JE T'AVAIS POURTANT PRÉVENU! ARRÊTE DE FAIRE TON MALIN! TU N'AS AUCUN SUPER POUVOIR!
QU... QUAND SONNERA LA FLÛTE UN JOUR ET QUE QUELQUE CHOSE SE PASSERA, CE SERA À MON TOUR DE RIRE...
PATIENCE.
NOUS AVONS MAINTENANT LE TABLEAU DU TOURNOI!

TABLEAU DES PARTICIPANTS AU GRAND TOURNOI
(des arts martiaux)

TE SIN PAH
Tibet

T.BOGIE
U.S.A

CHU LI
Chine

MIAOU
Japon

SOSON GOKU
Trou du cul du monde, semble-t-il

DHALSIM
Inde

The Bite
Imagina

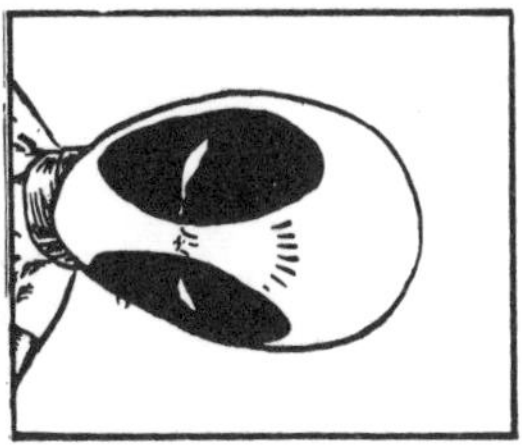

DEAD POULPE
Marveland

L'ORDRE DES COMBATS A ÉTÉ DÉCIDÉ!
ÇA NOUS A DEMANDE DE GROS EFFORTS MENTAUX.
LE BIG BOSS
7
BATAILLE FINALE
5
6
1
2
3
4
DEAD POULPE
THE BITE
DHALSIM
S. GOKU
BOGIE
CHU LI
MIAOU
TE SIN PAH
LE PREMIER COMBAT AURA LIEU DANS UN COURT INSTANT!
LES COMBATTANTS SE DIRIGENT VERS LE GRAND RING DU TOURNOI!
LE GRAND TOURNOI DES ARTS MARTIAUX A COMMENCÉ!!
TOURNOI
NAINTENDO
CACALIGHT
OOOEEEOOOOOEEEOEOEO!!

ON DIRAIT QU'ON ARRIVE AU BON MOMENT!
REGARDEZ QUI EST LÀ!
BEN ÇA ALORS! WILMA, MAÎTRE TORDU, QUELLE COÏNCIDENCE!
YIP!
COMMENT SE FAIT-IL QUE TU SOIS LÀ?
BEN, COMME VISIBLEMENT TU ALLAIS PASSER UNE ÉTERNITÉ À CHERCHER LES BOULES, JE SUIS VENUE VOIR LE TOURNOI POUR NE PAS M'ENNUYER...
CHUT!
CHICO PUAS
AU PASSAGE J'AI RASÉ LA QUEUE DE PUAS. J'EN AVAIS MARRE DE ME PRENDRE SES ÉPINES TOUS LES JOURS!
YIP?
EN CE MOMENT, LES DEUX PREMIERS COMBATTANTS RENTRENT DANS LE RING : THE BITE ET DEAD POULPE.
YEAH!
HOP!
J'AI LA MÉGA CLASSE!

ON DIRAIT BIEN QUE NOUS ALLONS ASSISTER À UN PREMIER COMBAT PASSIONNANT !
MAINTENANT SILENCE! JE NE VEUX PAS EN RATER UNE MIETTE!
QUE LE COMBAT COMMENCE!
HOP!
VOILÀ!
HÉ HÉ
...
TU AURAS BEAU SAUTER COMME UNE FILLETTE, ÇA NE TE SAUVERA PAS DE MES ATTAQUES...!
JE VAIS RÉPANDRE TA GUEULE SUR LE RING! TU PEUX DÉJÀ APPELER LES URGENCES!
DANS CE CAS, POUVEZ-VOUS ME CONCÉDER UNE DERNIÈRE VOLONTÉ? VOUS POURRIEZ ARRÊTER DE SOURIRE COMME ÇA? VOUS ME RENDEZ TRÈS NERVEUX!
!?

HMF! QUELLE BANDE DE GUIGNOLS!
ET ÇA C'EST UN GRAND TOURNOI?
NE LES SOUS-ESTIMEZ PAS, LEUR CHI EST TRÈS PUISSANT!
!!
!!
TU NE GAGNERAS PAS! ET PAS SEULEMENT PARCE QUE TU ES UN TAS DE MUSCLES SANS AUCUN SIGNE D'ACTIVITÉ CÉRÉBRALE, NI PARCE QUE TU ES PLUS LAID QU'UN FŒTUS D'ORANG-OUTAN...
?
...MAIS TOUT SIMPLEMENT PARCE QUE TU ES AUSSI LENT QU'UNE BERCEUSE ET QUE TU AS MOINS DE PRÉCISION QU'UN BRONZE SORTI DE MON CUL!
ET BIEN...CE TYPE PARLE PLUS QU'UNE CONCIERGE MAIS IL SE BAT BIEN.
C'EST QUOI UNE CONCIERGE?

CASSE-TOI DE LÀ!
BORDEL!
ON PEUT VRAIMENT RIEN TE DIRE À TOI!
BON SANG! ILS SONT TRÈS FORTS CES DEUX-LA ! COMMENT ÇA VA SE FINIR?
JE N'AIMERAIS PAS ME BATTRE CONTRE CE BESTIAU, IL EST RÉPUGNANT...
TU SAIS QUOI? JE CROIS SAVOIR D'OÙ TE VIENT CE NOM SI ORIGINAL!
C'EST UNE ALLUSION À LA PARTIE DE TON CORPS LA MOINS LAIDE. PROTO-VOMI!
GOMAESPUMA
!
HA!

JE... JE VOIS... QUE TU ES... DU GENRE... DUR.
ZUUMMM!
MOI, TOUJOURS!
HAW!
MES AÏEUX! L'IDENTITÉ DU VAINQUEUR EST VRAIMENT INCERTAINE!
QUE D'ÉMOTIONS, MESDAMES ET MESSIEURS!
JE VAIS DEVOIR UTILISER MA TECHNIQUE SPÉCIALE!
MERDE, MON KATANA DU DIMANCHE!
OH MON DIEU, IL VA UTILISER SA TECHNIQUE SPÉCIALE! VOUS ÊTES PRÉVENUS!
JAMAIS, TU SAIS? JAMAIS JE N'AI VU QUELQU'UN
TU ME PROUVES QUE LA VIE NOUS RÉSERVE
SUR PRISE? PRISE DE TÊTE? PRISE DE BEC?
DE LA FONTAINE, LE CORBEAU ET LE RENARD
J'ÉTAIS JUSTEMENT ENTRAIN DE LA RELIRE
M'A PROPOSÉ UN CONCOURS DE LANCÉ
JE...
IGNOBLE QUE TOI!
SURPRISE?
UNE FABLE
PAS GRAVE,
INCONNU
ALORS

*BRUIT D'UN GROS TAS QUI SE VAUTRE COMME UNE MERDE...

THE BITE A ÉTÉ VAINCU! DEAD POULPE EST QUALIFIÉ POUR LE PROCHAIN COMBAT!
MAINTENANT, COMME IL EST DE COUTUME, LE GAGNANT VA PRONONCER QUELQUES MOTS...
BZZZZ
...MAIS POUR CETTE FOIS NOUS FERONS UNE EXCEPTION... CONTINUONS AVEC LE TOURNOI...
ZUT!
RSH RSH
BZZZZ
RAASSSH! RAASSSH!
QUE QUELQU'UN ME RAMÈNE LE PRÉSENTATEUR!
KIRA
ET MAINTENANT, LE SECOND COMBAT DE CE TOURNOI :
SOSON GOKU CONTRE DHALSIM!
BZZZ
BAH
Z'ÊTES PAS FUN.

ENFIN, L'HEURE DE VÉRITÉ EST ARRIVÉE!
LE MAÎTRE DES GRUGES VA RAVALER SES SARCASMES!
AÏE!
AÏNNG!
BZZZ
IL N'A PAS L'AIR TRÈS DÉGOURDI POUR QUELQU'UN QUI A PASSÉ LES ÉLIMINATOIRES...
...

QUE LE COMBAT COMMENCE!
?
...
BZZZZZ
HEP, PATRON!
OUR
¡SHHHHUUU!
ALLEZ, VAS-Y, TU VAS Y ARRIVER!
TU IGNORES À QUI TU AS À FAIRE, GAMIN IMBERBE. JE SUIS TROP FORT POUR TOI, TU FERAIS MIEUX DE TE RETIRER, POUR TON BIEN.
HÉ!
BON, D'ACCORD...
!
LE... LE COMBATTANT SOSON GOKU, ÉLIMINÉ POUR SORTIE DE RING!
ET IL PART, TRANQUILLEMENT!
QUELLE SENSATION DE DÉJÀ VU!

VAINQUEUR, DHALSIM!!
...
BEN DIS DONC... C'EST BIEN...
OUAIS, J'AI GAGNÉ, YOUPI
ALFALFA ROMEO
SUGUS
CACA~COLA
TOPEL
HELIOPOULOS
CE MONSIEUR A ÉTÉ TRÈS AIMABLE, J'AI SUIVI SON CONSEIL...
PLAF!
SNIF!

TOURNOI
BON... ET BIEN... DISONS QUE NORMALEMENT... NOUS DEVRIONS PASSER... AU COMBAT SUIVANT...
MAIS AVANT... PUISQU'IL NOUS RESTE PAS MAL DE TEMPS...ET BIEN...UNE DEMI-HEURE DE PAUSE SANDWICH! ÇA MARCHE?
C'EST LA FIN... JE NE POURRAI PLUS JAMAIS RELEVER LA TÊTE... LE PRESTIGE DE MON ÉCOLE, JE PEUX ME LE METTRE AU CUL...
JE ME SENS SI FAIBLE
CHUT!
DIS WILMA, QU'EST-CE QU'ON FAIT MAINTENANT?
JE M'ENNUIE.
LUI! LUI! RETENEZ-MOI OU JE LE TUE!
ALLEZ-Y.
REGARDE NABOT, SI TU VEUX TE RENDRE UTILE. POURQUOI N'IRAIS-TU PAS CHERCHER LES BOULES DE KEHU-RON QUI NOUS MANQUENT? TU SAIS LIRE LE SCANNER-BOULE, NON? BON ALLEZ, DU BALAI!
C'EST PAS UN RISQUE DE LE CHARGER D'UNE TELLE RESPONSABILITÉ? JE ME FOUS DE CE QUI PEUT LUI ARRIVER, MAIS... ET S'IL PERDAIT LES BOULES?
IL PEUT PERDRE SON PANCRÉAS! JE M'EN MOQUE. JE VEUX JUSTE QU'IL DISPARAISSE DE MA VUE AFIN DE PROFITER DU SPECTACLE. J'AI PAS PAYÉ MON ENTRÉE POUR RIEN!
CETTE MAIN...!
OUPS!
CHICO

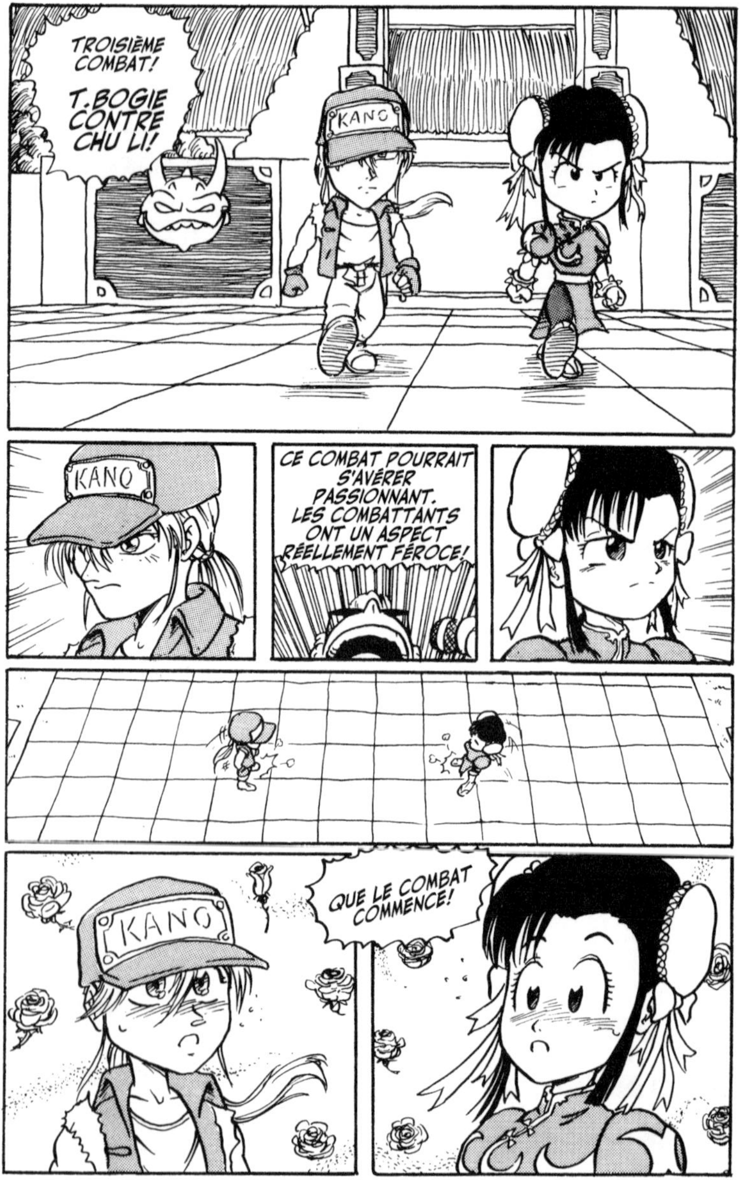
TROISIÈME COMBAT!
T.BOGIE CONTRE CHU LI!
KANO
KANO
CE COMBAT POURRAIT S'AVÉRER PASSIONNANT. LES COMBATTANTS ONT UN ASPECT RÉELLEMENT FÉROCE!
KANO
QUE LE COMBAT COMMENCE!

HEU LES COMBATTANTS... VOUS VOUS BATTEZ OU QUOI?
PARCE QUE LE PUBLIC EST EN TRAIN DE SE BARRER, LÀ!
KANO
ZUT... JE PEUX PAS ME BATTRE CONTRE UNE FILLE... SURTOUT SI ELLE EST AUSSI BELLE...
JE SAIS PAS... IL EST TROP BEAU, J'OSE PAS LE FRAPPER, JE RISQUE DE LE L'ABÎMER... QUELLE HORREUR!
...
ÉCOUTE PETITE AMÈNE-TOI!
TAP
ÇA Y EST! TOUCHÉ! COMME EN ESCRIME! GAGNANTE CHU LI! UNE TOUCHE ET C'EST TOUT!
PARDON, JE VOULAIS PAS TE FAIRE DE MAL...
BOUAAAH!!
M... MAIS ALORS... J'AI PERDU?
...
CHIER!

ALORS, SI J'AI BIEN COMPRIS CE QU'A DIT WILMA... Y'A DES PETITES LUMIÈRES ET DES FLÈCHES QUI BOUGENT ET QUI CLIGNOTENT... AH, JE SAIS! C'EST UNE GAME BOY!
BIZ!
MAMAN, JE CROIS QUE J'AI UN POU...
BLAFF
GROS CRÉTIN! METTRE VISAGE DANS BARBE À PAPA À MOI!
HÉ?! J'VOIS RIEN!
JE DEVOIR LA JETER, MAIS TOI...
TOI PARS AVEC!
!

*HEU... ÇA MARCHE OU PAS?

LES COMBATTANTS SONT TÉ SIN PAH ET MIAOU!
C'EST LE MOMENT DE VÉRITÉ! ON NE PEUT PAS TOMBER AUSSI BAS QUE CET IMBÉCILE DE VIEUX CHAUVE!
SALUT!
MON DIEU, UN AUTRE COUPLE, NON...! S'ILS NOUS FONT LE MÊME COUP QUE LES AUTRES...
BON...ET BIEN... QUE LE COMBAT COMMENCE !

ZIUU!!
LE COMBATTANT TÉ SIN PAH SE LANCE À L'ATTAQUE!
¡¡BLAFF!!
...
MAIS MIAOU A BLOQUÉ L'ATTAQUE DE SON ADVERSAIRE AVEC UNE TECHNIQUE... EHEM... BON, AVEC UNE TECHNIQUE!
BOING BOING

TÊ SIN PAH SEMBLE AVOIR DU MAL À S'EN REMETTRE, IL EST COMPLÈTEMENT HÉBÉTÉ!
MAIS, ENFIN...?
...
M. TORDU, S'IL VOUS PLAÎT, ARRÊTEZ DE RIRE DE FAÇON HYSTÉRIQUE, VOUS ÊTES EN TRAIN DE VOUS ÉTOUFFER! REGARDEZ!
HI... HI... GGGG...
CHUT!
MAUDITE... TU NE POURRAS PLUS UTILISER CE TRUC AVEC MOI!
VA TE FAIRE ENCULER!
JE VAIS TE PULVÉRISER!
NANG!

LA PARTICIPANTE MIAOU A BLOQUÉ L'ATTAQUE DE TÉ SIN PAH EN UTILISANT CETTE FOIS-CI QUELQUE CHOSE DE... SENSIBLEMENT PLUS DUR...!
MAIS RÉAGIS IMBÉCILE! TU NE VOIS PAS QU'ELLE SE MOQUE DE TOI?
MON DIEU,, QUELLE BRANLÉE!
YANSHA, VITE, AMÈNE DE L'EAU, IL VA ÉTOUFFER...!
H...HOUAAR! HOUAH! ARF!
HI, HI, HIII...!
ÇA SUFFIT! TU M'OBLIGES À UTILISER MA TECHNIQUE LA PLUS TERRIBLE !*
*ALLONS BON, V'LA DU NEUF!
LA MULTIPLICATION DES BRAS!
MIRACLE!

...
...
TING!
GLOUP!
POUAH! ÇA A UN GOÛT DE MÉDOC!
AAGGH!!
!
....

JE FAIS DES RIMES SANS LE SAVOIR...

AHEM... DU FAIT DES IRRÉGULARITÉS COMMISES PAR LE CONCURRENT TÉ SIN PAH, EN PRINCIPE CELUI-CI AURAIT DÛ ÊTRE DISQUALIFIÉ...
...MAIS LES MEMBRES DU JURY AYANT BIEN RIGOLÉ, ILS PASSERONT POUR CETTE FOIS.
ALLONS-Y!
DERNIER ASSAUT!
KISS THIS!!

...
...
!?!
JE T'AI ROUÉE DE COUPS AVEC MES SIX BRAS ET TOUTES TES CÔTES SONT BRISÉES. POURQUOI NE RECONNAIS-TU PAS TA DÉFAITE EN T'ÉCROULANT?
AH!... T... TU... M'AS... FAIT ÇA!
BOUM!
OUF, ELLE A TOUT GOBÉ!

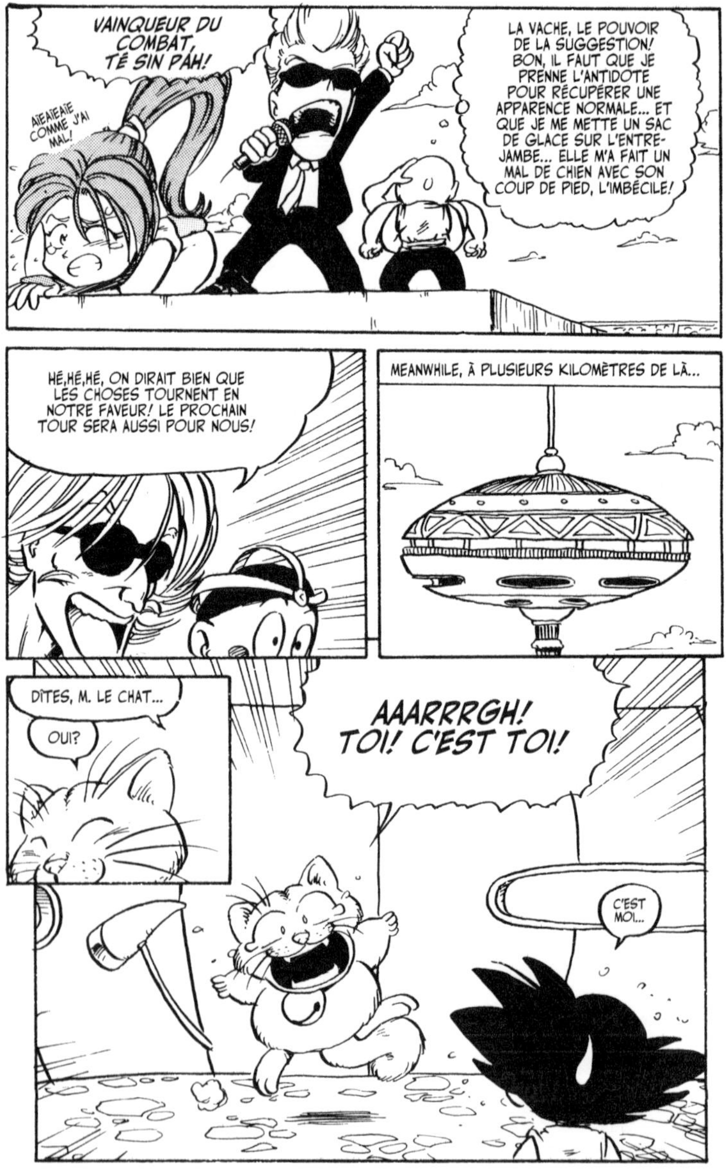
VAINQUEUR DU COMBAT, TÊ SIN PÂH!
AÏEAÏEAÏE COMME J'AI MAL!
LA VACHE, LE POUVOIR DE LA SUGGESTION! BON, IL FAUT QUE JE PRENNE L'ANTIDOTE POUR RÉCUPÉRER UNE APPARENCE NORMALE... ET QUE JE ME METTE UN SAC DE GLACE SUR L'ENTRE-JAMBE... ELLE M'A FAIT UN MAL DE CHIEN AVEC SON COUP DE PIED, L'IMBÉCILE!
HÉ,HÉ,HÉ, ON DIRAIT BIEN QUE LES CHOSES TOURNENT EN NOTRE FAVEUR! LE PROCHAIN TOUR SERA AUSSI POUR NOUS!
MEANWHILE, À PLUSIEURS KILOMÈTRES DE LÀ...
DÎTES, M. LE CHAT...
OUI?
AAARRRGH! TOI! C'EST TOI!
C'EST MOI...

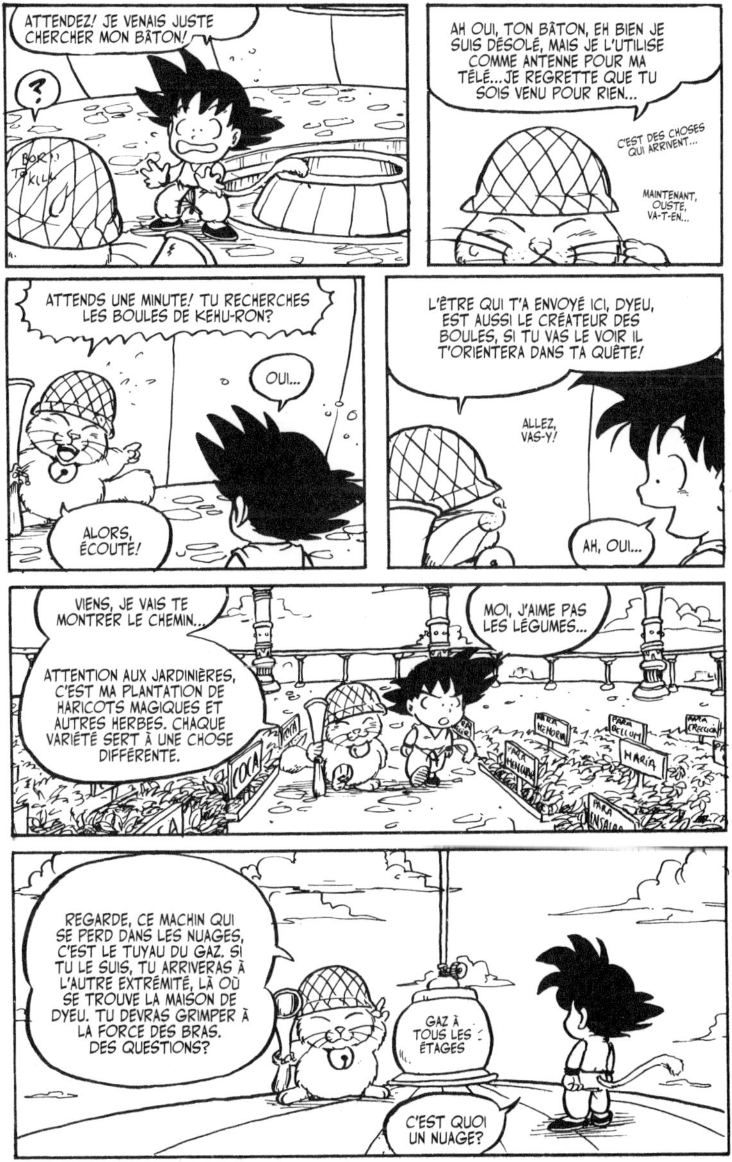
ATTENDEZ! JE VENAIS JUSTE CHERCHER MON BÂTON!
?
BORN TO KILL
AH OUI, TON BÂTON, EH BIEN JE SUIS DÉSOLÉ, MAIS JE L'UTILISE COMME ANTENNE POUR MA TÉLÉ...JE REGRETTE QUE TU SOIS VENU POUR RIEN...
C'EST DES CHOSES QUI ARRIVENT...
MAINTENANT, OUSTE, VA-T-EN...
ATTENDS UNE MINUTE! TU RECHERCHES LES BOULES DE KEHU-RON?
OUI...
ALORS, ÉCOUTE!
L'ÊTRE QUI T'A ENVOYÉ ICI, DYEU, EST AUSSI LE CRÉATEUR DES BOULES, SI TU VAS LE VOIR IL T'ORIENTERA DANS TA QUÊTE!
ALLEZ, VAS-Y!
AH, OUI...
VIENS, JE VAIS TE MONTRER LE CHEMIN...
ATTENTION AUX JARDINIÈRES, C'EST MA PLANTATION DE HARICOTS MAGIQUES ET AUTRES HERBES. CHAQUE VARIÉTÉ SERT À UNE CHOSE DIFFÉRENTE.
MOI, J'AIME PAS LES LÉGUMES...
COCA
PARA MEMORIA
PARA BELLUM
PARA ERECCIÓN
PARA MENCURA
MARÍA
REGARDE, CE MACHIN QUI SE PERD DANS LES NUAGES, C'EST LE TUYAU DU GAZ. SI TU LE SUIS, TU ARRIVERAS À L'AUTRE EXTRÉMITÉ, LÀ OÙ SE TROUVE LA MAISON DE DYEU. TU DEVRAS GRIMPER À LA FORCE DES BRAS. DES QUESTIONS?
GAZ À TOUS LES ÉTAGES
C'EST QUOI UN NUAGE?

APRÈS QUELQUES EXPLICATIONS AMUSANTES, SOSON GOKU COMMENCE L'ESCALADE...
...LAQUELLE SE TROUVE ÊTRE AUSSI INTERMINABLE ET ÉPUISANTE QUE LA PRÉCÉDENTE...
CHEF? RÉPONDEZ! Y'A QUELQU'UN?
...MAIS ARRIVE TOUT DE MÊME À SON TERME...
HEAVEN
PUTAIN! UN CHÂTEAU DANS LE CIEL!

BONJOUR?
Y'A QUELQU'UN?
ARF!
PFUU!
NE FUMEZ PAS LE GAZON
HEIN?
T'ES QUI, TOI?
DEUNAN 1:2
BLIND BEAUTY
JE M'APPELLE SOSON GOKU, JE VIENS DE LA PART DU CHAT EN BAS, POUR VOIR DYEU, OU UN TRUC DANS LE GENRE...
COMMENT? TU ES ENVOYÉ PAR MAÎTRE SAKARINE? ALORS TU DOIS ÊTRE LE GAMIN DEMEURÉ AUX HORRIBLES CHEVEUX DE LA LÉGENDE! JE VAIS PRÉVENIR DYEU!
SA MÈRE!
LA GALÈRE!

JE SUIS AU COURANT, M. POMPON.
VU COMMENT TU GUEULES!
MONSIEUR!
JE SUIS CELUI QUI T'A PARLÉ DANS TES MOMENTS DE DIFFICULTÉ, MOI QUI SUIS LE CRÉATEUR DES BOULES DE KEHU-RON ET LE SEIGNEUR ABSOLU DE LA TERRE!
AH OUI? QUI ÇA?
IL EST CLAIR QU'AVEC UN CERVEAU DANS UNE TEL ÉTAT, NOUS N'AVANCERONS PAS BEAUCOUP. JE VAIS DONC UTILISER MON POUVOIR POUR RESTAURER TON ESPRIT ET AINSI AUGMENTER TON POTENTIEL...
JE N'AI PAS BEAUCOUP D'ESPOIR MAIS BON...
DU FAIT DE TA NATURE PARTICULIÈRE, JE RÉCUPÉRERAI SEULEMENT LA CAPACITÉ MENTALE QUE L'EFFET DU HARICOT DE CE CHAT INCOMPÉTENT T'AVAIT FAIT PERDRE...
¡¡XFRRZZZ!!
CHRIIPE!
FROUUP!
ZIIP! ZIIP!
LUI ET SES PUTAINS DE HARICOTS...
QUEL CHARLATAN!

APRÈS ÇA, SOSON GOKU RETOURNA SUR TERRE POUR POURSUIVRE SA QUÊTE DES BOULES...
AAAAAAAAH!
ÇA Y EST M. DYEU, JE L'AI RENVOYÉ EN BAS...
BIEN, M. POMPON, LE PLAN SUIT SON COURS...
IL ÉTAIT PRÉFÉRABLE QU'IL NE SACHE PAS QUE PLUS TARD, IL AURA À AFFRONTER LE TERRIBLE DISCOLO, LE GRAND ROI DES DIABLES! POUR LE MOMENT IL DOIT SE PRÉOCCUPER DE RETROUVER LES BOULES ET DE RETOURNER AU TOURNOI!
QUELS MOMENTS DIFFICILES!
PENDANT CE TEMPS, AU TOURNOI, COMMENCE LE SECOND TOUR DES COMBATS.
ET MAINTENANT VONT À NOUVEAU COMBATTRE ...DHALSIM ET DEAD POULPE!
ENCORE BEAUCOUP D'ÉMOTIONS, À N'EN PAS DOUTER, J'AJOUTERAI DE PLUS...

QUE LE COMBAT COMMENCE!
BIEN, VOYONS CE QUE TU PEUX FAIRE POUR CONTRECARRER MES INFAILLIBLES TECHNIQUES DE...
CLAC CLAC CLAC
CECI.
BRUTE.
BIEN! MESDAMES ET MESSIEURS CE TOURNOI DEVIENT RÉELLEMENT INTÉRESSANT. LES PARTICIPANTS SORTENT LEURS GRIFFES AVEC À CHAQUE FOIS PLUS DE FÉROCITÉ!
BAH! SON CHI
LE SECOND COMBAT DU SECOND TOUR COMMENCERA DANS DE BRÈVES SECONDES (HA, HA, HA), IL VERRA S'AFFRONTER CHU-LI À TÊ SIN PAH!
SNIF!
OH, SEIGNEUR DE L'AMOUR ÉTERNEL! PAS UNE AUTRE NANA!
SI TON ÉLÈVE GAGNE CE COMBAT, JE BOUFFE MA BARBE!
TU TE MANGERAS LA BITE AVANT!
ASSIEDS-TOI LÀ-DESSUS ET DANSE!
EH BIEN, JE T'APPORTERAI DU PAIN ET DE LA MAYO!
CRÂNEUR!
CRÂNE D'OEUF!
YIP!
MAL-POLI!
CHUT!
JE NE SUIS PAS ICI... CECI N'EST PAS EN TRAIN D'ARRIVER...BRANDON LEE N'EST PAS MORT...

QUE LE COMBAT COMMENCE!
HUH!
C'EST PARTI!
...
...
KANO
MMM, JE SAIS!
OUI, JE VAIS FAIRE ÇA!
AH! TU DEVRAIS AVOIR HONTE DE LA MÉTHODE PITOYABLE AVEC LAQUELLE TU AS REMPORTÉ TON PREMIER COMBAT ! DE PLUS TON INDÉCISION A COÛTÉ UNE DÉFAITE DÉSHONORANTE À UN VALEUREUX COMBATTANT! QU'EST-CE-QUE TU AS À RÉPONDRE À ÇA? HEIN?
TAIS-TOI!!
SNIF!
KICK!!
J... JE PENSE QUE J'ÉTAIS SUR LA BONNE VOIE... J'AI DÛ ME TROMPER DANS... LA FORME...

BON... BEN... LA VÉRITÉ C'EST QUE LA CURIEUSE TECHNIQUE DE COMBAT DU PARTICIPANT TÉ SIN PAH DOIT ÊTRE TROP SOPHISTIQUÉE POUR MOI... PARCE QUE JE N'AI ABSOLUMENT RIEN COMPRIS...
BIEN, APRÈS ÇA, SON MORAL DOIT ÊTRE À ZÉRO. JE VAIS LA VAINCRE SANS PROBLÈME ET JE POURRAI À NOUVEAU FAIRE MON FIER!
.....
SNIF! SNIF!
J'ABANDONNE, JE N'EN PEUX PLUS...
...
!!!
HEU...D'ACCORD, DONC... VAINQUEUR DU COMBAT : TÉ SIN PAH!
KANO
SOB!
VOUS ÊTES VRAIMENT SURPRENANT! VOTRE TECHNIQUE EST INCROYABLEMENT SOPHISTIQUÉE ET EFFICACE! VOUS ÊTES UN MAÎTRE!
NON... NON, C'EST RIEN.
RHÔÔÔ, JE VOULAIS ME BATTRE MOI...!

*BON SANG MAIS IL SAIT CONJUGUER LES VERBES! DE L'INÉDIT POUR SON CRÂNE DE PIAF!

*C'EST QUE L'AUTRE FOIS, ILS N'AVAIENT PAS ÉTÉ PRÉSENTÉS.

ET MAINTENANT, PUBLIC ADORÉ, NOUS ALLONS PASSER AU SEPTIÈME ET ULTIME COMBAT! LE DUEL FINAL! ENTRE DHALSIM ET TÉ SIN PAH!
J'ESPÈRE QUE CECI TE SERT DE LEÇON VIEUX CHAUVE! CONTEMPLE NOTRE VICTOIRE ET PLEURE!
HO HO HO
CE TYPE NE M'INSPIRE PAS CONFIANCE, IL EST TRÈS ÉTRANGE ET DOIT CACHER QUELQUE CHOSE...

NOUS REMERCIONS LA O.S.G (ON S'EMMERDE GRAVE) ET ROTRING ISOGRAPH POUR LEUR COLLABORATION SUR CETTE PAGE.

QUE LE COMBAT COMMENCE!
IL FAUT QUE JE FASSE ATTENTION... JE VAIS L'ÉTUDIER SANS TROP M'APPROCHER.
KA-POW!
T... TRÈS CONCLUANT... OUI, MONSIEUR...
PTU
PTU
YOUPIE!
...
MON DIEU, QUEL BAFFE!
QUELLE DENTITION!
YOUPIE!
LISA! PUT OUT THIS SAXO!
SAPERLIPOPETTE... VRAIMENT... JE N'AVAIS JAMAIS VU UN COMBAT FINAL SI... HEU... SI COURT... JE... C'EST... NOUS ASSISTONS SANS AUCUN DOUTE AU TOURNOI DES ARTS MARTIAUX LE PLUS ÉTRANGE DE SON HISTOIRE...

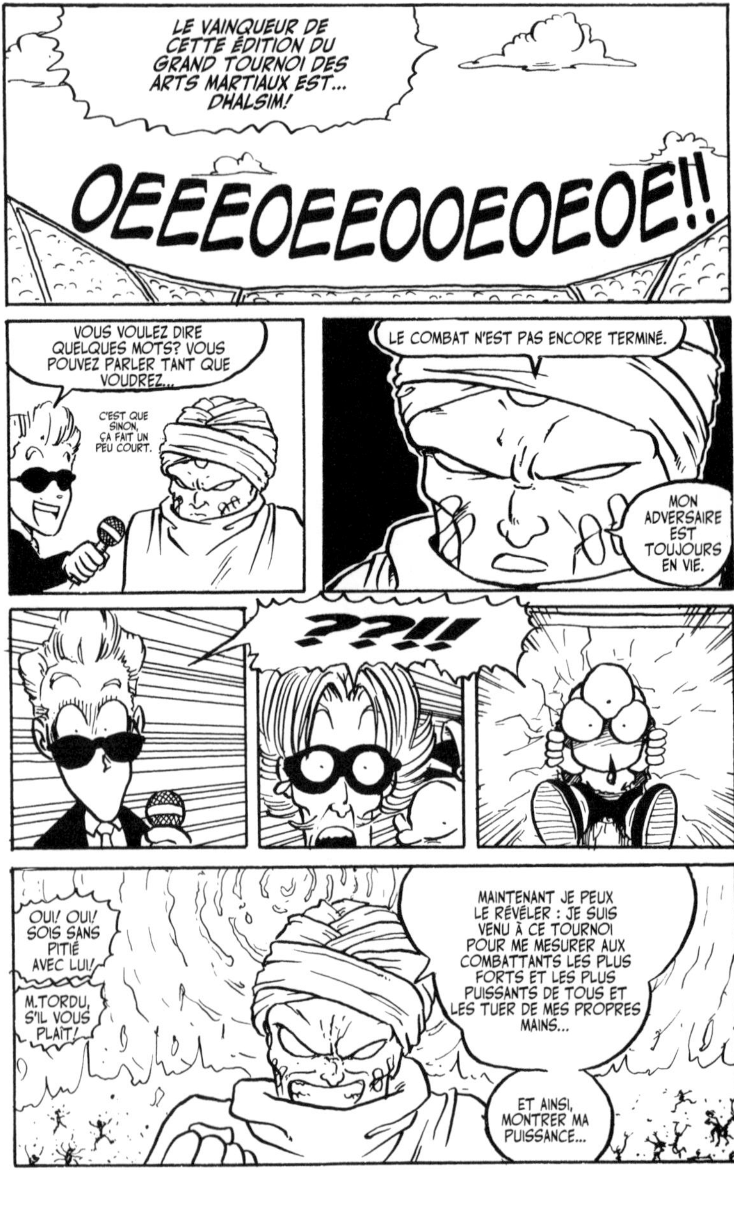
LE VAINQUEUR DE CETTE ÉDITION DU GRAND TOURNOI DES ARTS MARTIAUX EST... DHALSIM!
OEEEOEEEOOEOEOE!!
VOUS VOULEZ DIRE QUELQUES MOTS? VOUS POUVEZ PARLER TANT QUE VOUDREZ...
C'EST QUE SINON, ÇA FAIT UN PEU COURT.
LE COMBAT N'EST PAS ENCORE TERMINÉ.
MON ADVERSAIRE EST TOUJOURS EN VIE.
??!!
MAINTENANT JE PEUX LE RÉVÉLER : JE SUIS VENU À CE TOURNOI POUR ME MESURER AUX COMBATTANTS LES PLUS FORTS ET LES PLUS PUISSANTS DE TOUS ET LES TUER DE MES PROPRES MAINS...
ET AINSI, MONTRER MA PUISSANCE...
OUI! OUI! SOIS SANS PITIÉ AVEC LUI!
M.TORDU, S'IL VOUS PLAÎT!

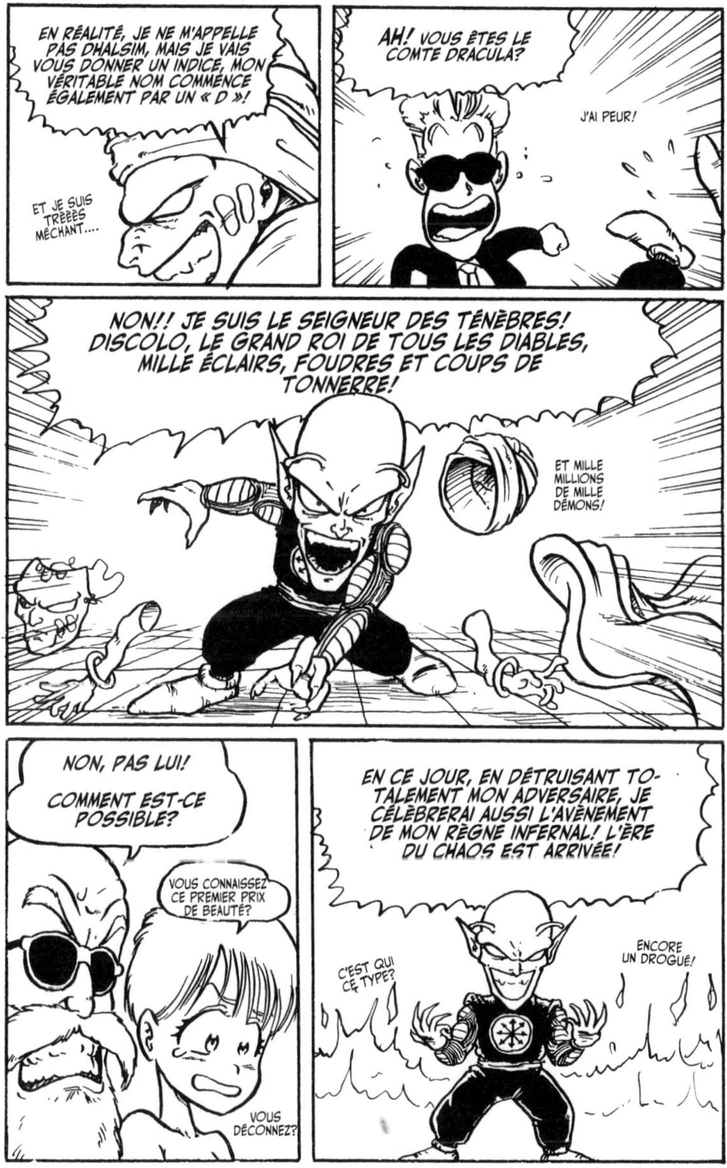
EN RÉALITÉ, JE NE M'APPELLE PAS DHALSIM, MAIS JE VAIS VOUS DONNER UN INDICE, MON VÉRITABLE NOM COMMENCE ÉGALEMENT PAR UN « D »!
ET JE SUIS TRÈÈÈS MÉCHANT....
AH! VOUS ÊTES LE COMTE DRACULA?
J'AI PEUR!
NON!! JE SUIS LE SEIGNEUR DES TÉNÈBRES! DISCOLO, LE GRAND ROI DE TOUS LES DIABLES, MILLE ÉCLAIRS, FOUDRES ET COUPS DE TONNERRE!
ET MILLE MILLIONS DE MILLE DÉMONS!
NON, PAS LUI!
COMMENT EST-CE POSSIBLE?
VOUS CONNAISSEZ CE PREMIER PRIX DE BEAUTÉ?
VOUS DÉCONNEZ?
EN CE JOUR, EN DÉTRUISANT TOTALEMENT MON ADVERSAIRE, JE CÉLÈBRERAI AUSSI L'AVÈNEMENT DE MON RÈGNE INFERNAL! L'ÈRE DU CHAOS EST ARRIVÉE!
C'EST QUI CE TYPE?
ENCORE UN DROGUÉ!

NON, JE VEUX MAMAN!
VIENS-LÀ! J'AI BESOIN DE TOI POUR LE GRAND MOMENT!
BOU-BOU-BOU BOUBOUBOUM-BOUMEUR!
JE PEUX PAS LE LAISSER TUER TÊ SIN PAH!
IL ME DOIT MILLE EUROS!
JE VAIS UTILISER LA TECHNIQUE DU COUP DE SOLEIL!
ZUUMM!!
AIËAÏEAÏE! TRAÎTRE!
FLASH!!
¡PERRO!
OH,OH...
T'AS MERDÉ, MON FRÈRE...
ON DIRAIT QUE TU AS BESOIN D'UNE LEÇON DE PRATIQUE POUR BIEN VISÉR...

OH, OH, C'EST PAS BON...
PAS BON DU TOUT...
BOUGEZ BOUGEZ
LÂCHE! ET VOTRE DISCIPLE DANS TOUT ÇA?
LEÇON Nº 1!
...!
BADABOOUMM!!

TSS, TSS,
JE CROIS QU'IL N'APPRENDRA JAMAIS...
ET VOUS DEUX! D'OÙ VOUS CONNAISSEZ LE GÉANT VERT LÀ?
BEN DISONS QUE...
C'ÉTAIT NOTRE MAÎTRE...
¡?!
HEU... DITES... MONSIEUR DISCOLO... VU QUE VOUS ÊTES SI PUISSANT... ON PEUT PASSER SUR LE FAIT QUE L'AUTRE EST TOUJOURS VIVANT ET ARRÊTER LE COMBAT ICI... HISTOIRE DE NE PAS GÂCHER LA FIN DU TOURNOI. APRÈS, QUAND TOUT SERA TERMINÉ... VOUS FEREZ DE LUI CE QUE VOUS VOUDREZ. OK?
HMM, C'EST D'ACCORD, SI VOUS ME FOUTEZ LA PAIX APRÈS...

BIEN, MAINTENANT QUE VOUS AVEZ VAINCU TOUS LES PARTICIPANTS, IL VOUS RESTE À AFFRONTER CES TROIS ULTIMES ET DÉFINITIFS ADVERSAIRES! M.BISON, BALROG ET VEGA!
KATO
e cherche mon coiffeur
KILL
ATTENDS, IL T'A APPELÉ BISON, ALORS QUE C'EST MOI!
ET TOI, BALROG, ALORS QUE C'EST MOI!
KATO
ET TOI, VEGA, ALORS QUE C'EST MOI!
C'EST MOI, BALROG!
NON, C'EST MOI!
MAIS COMMENT PEUX-TU AVOIR DEUX NOMS?
J'AIME BIEN LES DEUX ET PUIS C'EST TOUT!
IMPOSTEURS!
PAF!
HOULÀ!
BON, JE SUIS BIEN CONTENT D'EN AVOIR FINI AVEC TOUTES CES FORMALITÉS. MAINTENANT, REPRENONS... !
VIENS-LÀ PETIT! NE T'ÉCHAPPE PAS!
T'AS CRU QUE JE REGARDAIS PAS, HEIN?
MERDE!
GWOIIING!
IL M'A EU!

JUSTE UN INSTANT ET J'AI FINI.
MON DIEU, QUELLE PAIN!
TU L'AS DIT, N'A RIEN PERDU DE SES FACULTÉS!
FAOUM!
MAINTENANT, IL EST TEMPS DE PROCLAMER MON RÈGNE ET DE CONVOQUER MON ARMÉE DE CRÉATURES INFERNALES!
HA, HA, HA! JE SUIS TROP BALÈZE!
MESSIEURS, TOUT SEMBLE INDIQUER QUE CECI EST LA FIN DU MONDE TEL QUE NOUS LE CONNAISSIONS... ET JE N'AVAIS JAMAIS VU UNE ÉDITION DE CE GRAND TOURNOI AUSSI CHARGÉE D'IRRÉGULARITÉS!
BUUAAA!!
C'EST LA FIN DU TOURNOI.
JE NE VOIS QU'UNE SOLUTION, NOUS DEVONS UNIR À NOUVEAU NOS FORCES, COMME LA DERNIÈRE FOIS...
HMM, OK, MAIS QUE ÇA NE SE REPRODUISE PAS, HEIN?

JE ME SOUVIENS DU TEMPS OÙ IL NOUS ENTRAÎNAIT, NOUS NE NOUS RENDIONS ALORS PAS COMPTE DE QUI IL ÉTAIT EN RÉALITÉ... IL N'AVAIT PAS L'AIR AUSSI VERT... MAIS APRÈS IL NOUS A MONTRÉ SON FEU INTÉRIEUR, L'OBSCURE MÉCHANCETÉ QUI L'HABITAIT... ET ON L'AVAIT TROUVÉ VRAIMENT SUPER... BIEN MAL NOUS EN A PRIS!
MAIS ON A FINI PAR DÉCIDER QUE LE MEILLEUR MOYEN DE PROGRESSER ÉTAIT DE L'ÉLIMINER, POUR QUE PERSONNE NE SOIT PLUS PUISSANT QUE NOUS DANS CES ARTS... UNE TRÈS SAGE IDÉE...
C'EST LE MAÎTRE DES GRUGES QUI APPLIQUA AU MIEUX L'ENSEIGNEMENT DE NOTRE MAÎTRE... MOI... BEN J'AI TOUJOURS ÉTÉ UN PEU CHIFFE MOLLE ET J'AVAIS LA FLEMME...
MAIS PAR ORGUEIL, JE NE L'AI JAMAIS RECONNU!
BON, ON DESCEND FAIRE NOTRE BOULOT? OU TU PRÉFÈRES CONTINUER À RÊVER LES YEUX OUVERTS?
ÇA A TOUJOURS ÉTÉ TON PROBLÈME, LE MANQUE D'INITIATIVE!
AH, OUI! PARDON!

HALTE, DISCOLO!
NOUS SOMMES VENUS POUR T'ARRÊTER UNE FOIS DE PLUS!
BON, EN FAIT ON ÉTAIT VENUS ASSISTER AU TOURNOI, MAIS TU L'AS FOUTU EN L'AIR...
TIENS, MAIS CE SONT MES ANCIENS DISCIPLES?
TRÈS BIEN, C'ÉTAIT QUOI LA TECHNIQUE QUE TU AVAIS UTILISÉE POUR LE DÉTRUIRE L'AUTRE FOIS?
HEU, JE SAIS PLUS! C'EST PAS TOI QUI L'AVAIS FAIT?
MAIS ON AVAIT DIT QUE C'ÉTAIT TOI QUI LE FERAIS!
MOI? TU M'AVAIS DIT CLAIREMENT QUE TU LE FERAIS!
BON, LA VÉRITÉ C'EST QU'AUCUN DES DEUX NE M'A DÉTRUIT, MAIS J'EN AVAIS TELLEMENT MARRE D'ATTENDRE QUE L'UN D'EUX LE FASSE, QUE JE ME SUIS REPOSÉ PENDANT DES ANNÉES, JUSQU'À L'AUTRE JOUR, OÙ JE ME SUIS RENDU COMPTE DE TOUT ET JE ME SUIS LEVÉ!
ABRUTI!
CRÉTIN!
PFF... QUELLE PERTE DE TEMPS!

IL VA SE PASSER QUOI, D'APRÈS TOI?
BEN, IL EST POSSIBLE QU'ILS MEURENT TOUS LES DEUX.
NON, JE VOULAIS DIRE DE MAL!
SALUT WILMA, JE SUIS REVENU!
AAAAAAHHH
YIP!
CHUT!
TU SAIS QUOI? J'AI TROUVÉ TOUTES LES
AH OUI? BEN SORS-LES, ON EN A BESOIN PLUS QUE JAMAIS!
EN FAIT, JE LES AI UTILISÉES...
ET J'AI DEMANDÉ...
NON, NON, NE ME DIS RIEN!! JE VEUX MOURIR TRANQUILLE, SANS SAVOIR!
CEPENDANT...
TRÈS BIEN! VOUS ALLEZ AFFRONTER MON ARMÉE DÉMONIAQUE!
ET EN PLUS, IL ME LE DIT...
VOUS AVEZ DÉJÀ VU UN GAMIN AUSSI CON... AUSSI... AUSSI...
GRMBFJLTFDP... DES RAYURES!
YIP!

OH, OH, J'AIME PAS ÇA DU TOUT...
JE NE PENSE PAS QU'ON AIT LE CHOIX!*
*ON ADORE CLAREMONT
MA HORDE DE CRÉATURES DÉMONIAQUES VA VOUS ENLEVER DE MON CHEMIN, BANDE DE NULS!
WHIHR!
DIS, SOSON GOKU...
?
TU NE COMPTES RIEN FAIRE POUR LES AIDER?
KANO

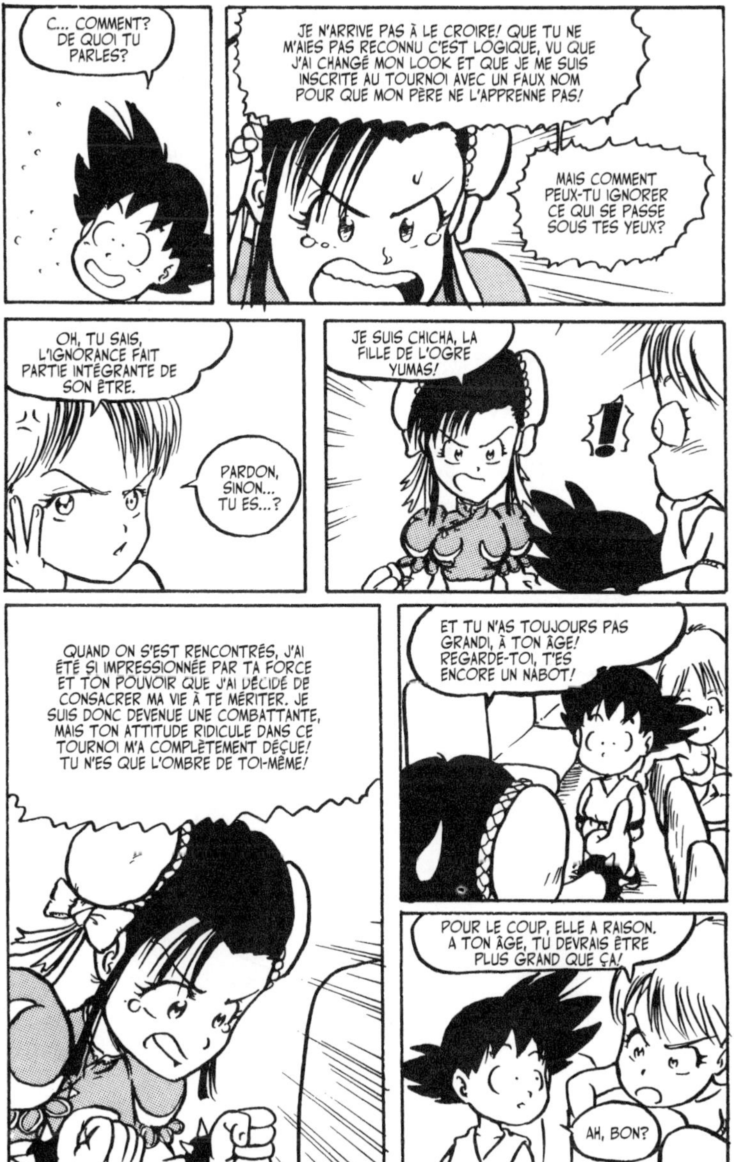
C... COMMENT? DE QUOI TU PARLES?
JE N'ARRIVE PAS À LE CROIRE! QUE TU NE M'AIES PAS RECONNU C'EST LOGIQUE, VU QUE J'AI CHANGÉ MON LOOK ET QUE JE ME SUIS INSCRITE AU TOURNOI AVEC UN FAUX NOM POUR QUE MON PÈRE NE L'APPRENNE PAS!
MAIS COMMENT PEUX-TU IGNORER CE QUI SE PASSE SOUS TES YEUX?
OH, TU SAIS, L'IGNORANCE FAIT PARTIE INTÉGRANTE DE SON ÊTRE.
PARDON, SINON... TU ES...?
JE SUIS CHICHA, LA FILLE DE L'OGRE YUMAS!
!
QUAND ON S'EST RENCONTRÉS, J'AI ÉTÉ SI IMPRESSIONNÉE PAR TA FORCE ET TON POUVOIR QUE J'AI DÉCIDÉ DE CONSACRER MA VIE À TE MÉRITER. JE SUIS DONC DEVENUE UNE COMBATTANTE, MAIS TON ATTITUDE RIDICULE DANS CE TOURNOI M'A COMPLÈTEMENT DÉÇUE! TU N'ES QUE L'OMBRE DE TOI-MÊME!
ET TU N'AS TOUJOURS PAS GRANDI, À TON ÂGE! REGARDE-TOI, T'ES ENCORE UN NABOT!
POUR LE COUP, ELLE A RAISON. À TON ÂGE, TU DEVRAIS ÊTRE PLUS GRAND QUE ÇA!
AH, BON?

?
BOOM!
BON, C'EST FAIT! C'ÉTAIT JUSTE UN OUBLI...
!
QUEL ÉTOURD
ZL
CE TYPE N'EST PAS NORMAL!
KANO
LA VACHE
ÇA, JE L'AI DÉJÀ ENTENDU, IL Y A LONGTEMPS...
BEN! JE ME SUIS MÊME TÉLÉPORTÉ!
GLGL...
TU NE NOUS AS PAS ENCORE VAINCUS!
TAIS-TOI, MASO!
TRÈS BIEN, COMME VOUS VOUDREZ... VOUS AVEZ GAGNÉ UNE DEUXIÈME TOURNÉE. CETTE FOIS, C'EST LA MAISON QUI RÉGALE...
HA, HA, HA...!
JE SUIS TRÈS MÉCHANT ET J'ADORE JULIO IGLESIAS!

BAOUM!
OUCH!
PURÉE!
ARGH! IL A CASSÉ MES LUNETTES DE SOLEIL!
KREK
NON! PAS LE SOLEIL, NOOON!
TIENS, TIENS, VOYONS CE QUE ÇA FAIT AVEC CELUI-LÀ.
GLGLGL
MES LUNETTES, VITE! JE NE PEUX PAS LE CONTENIR!
HA, HA, HA!
JE M'ÉCLATE TELLEMENT QUE JE VAIS OFFRIR À UN VOLONTAIRE QUELCONQUE L'OPPORTUNITÉ DE TENTER DE M'EMPÊCHER DE DÉCHAÎNER L'APOCALYPSE FINALE!

ALLEZ, HOP!
HUMPF!
QU'EST-CE QU'IL EST LOURD!
OUCH!
BIEN, BIEN, ON EST COURAGEUX AUJOURD'HUI!
JE VAIS TE GRILLER AVEC MON ONDE DÉMONIAQUE!
C'EST PRATIQUE
CHIRRIP!
CHIRRIP!
JE N'AI PAS PEUR! JE BLOQUERAI TON ATTAQUE!
BOUMM!!
...

TU CROIS QU'IL VA GAGNER?
EN FAIT, JE NE SUIS PLUS SÛRE DE RIEN...
JE DEVRAIS DESCENDRE!
KANO
NON! PAS TOI! ILS VONT TE FRAPPER!
ET MAINTENANT, POUR INSTAURER MON RÈGNE DE TERREUR, JE VAIS FAIRE APPEL À QUELQU'UN DE BIEN PLUS MAUVAIS ET PLUS PUISSANT QUE MOI! MON FILS JUNIOR!
GNGNGNGNGNGNGNGN!!
ARGN!
HOOOOUUU!
PTU'!
!!!
KRAKKK!
OH, QUE JE SUIS MÉCHANT! JE VAIS TUER TOUT LE MONDE! JE HAIS LA PAIX ET LES SITCOMS!
ET JE SAIS MÊME PAS POURQUOI.
JE TUERAI JACK BAUER!
JR

GRANDI ET ATTEINS TON DEGRÉ DE PUISSANCE MAXIMALE!
ET BEN, IL EST PLUTÔT BIEN FOUTU LE GAMIN, J'EN OUBLIERAIS PRESQUE SA COULEUR DE PERSIL!
FRAGABOUM
JE DÉTESTE QUE TU M'APPELLES COMME ÇA... C'EST LA HONTE...
BIENVENUE DANS TON ROYAUME, JUNIOR!

BON, J'AI BUTÉ MON PAPA... QU'EST-CE QUE JE SUIS MÉCHANT! JE NE PEUX PAS L'ÊTRE PLUS QUE ÇA! MA MÉCHANCETÉ A ATTEINT SES LIMITES! QU'EST-CE QUE JE POURRAIS BIEN FAIRE MAINTENANT?
REC REC
MMM
PUNAISE, QU'EST-CE QU'IL EST MÉCHANT...
JE SAIS! JE DEVIENS GENTIL!
COMME MAGNÉTO!
??!!
KANC
ET EN SIGNE DE BONNE VOLONTÉ, JE CÈDE, DE FAÇON HONORIFIQUE, MON TITRE DE CHAMPION DE CE GRAND TOURNOI, AU BOUT DE VIANDE QUE MON PAPA A FAIT CUIR AVANT DE CANER.
ALLEZ, AU BOULOT.
OUI... OUI! J'Y... J'Y VAIS !
GLGL
LE PAUVRE... QUEL DOMMAGE...
C'ÉTAIT UN GRAND HOMME...
IL ÉTAIT DANS LA FLEUR DE L'ÂGE...
DU COUP, C'EST CE MORVEUX CARBONISÉ, DONT J'IGNORE L'IDENTITÉ, SON ADN AYANT COMPLÈTEMENT BRÛLÉ, QUI EST DÉCLARÉ VAINQUEUR DU GRAND TOURNOI DES ARTS MARTIAUX!

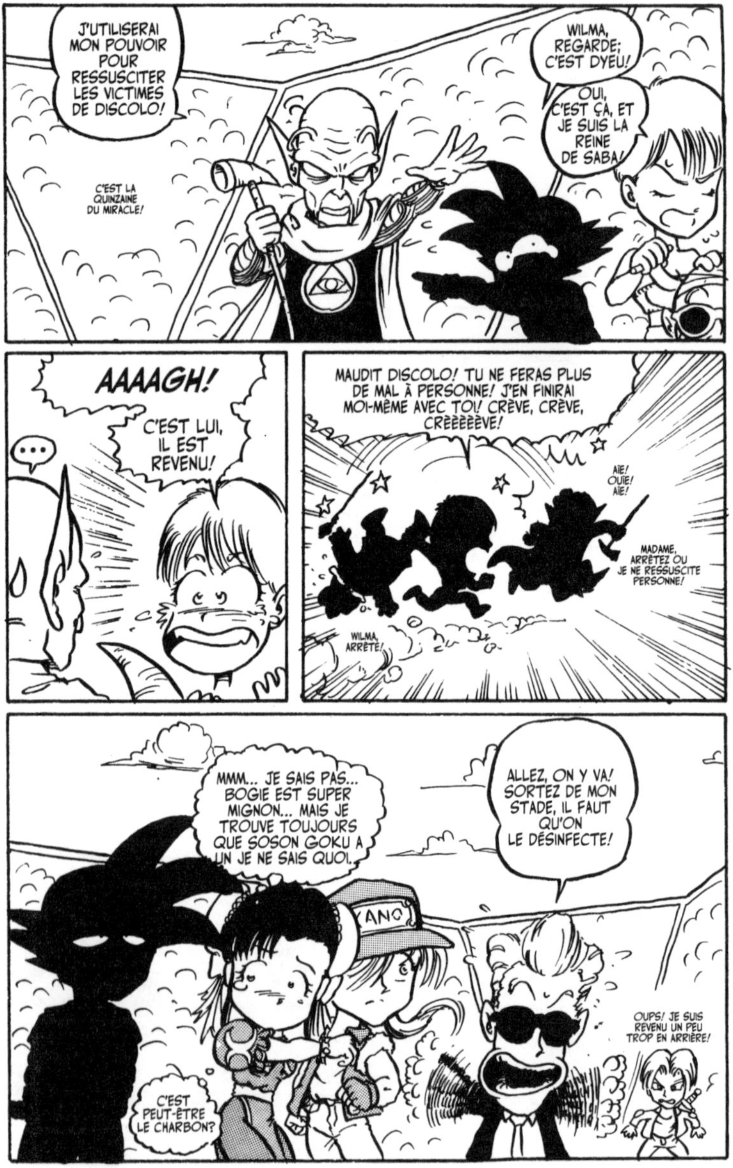
J'UTILISERAI MON POUVOIR POUR RESSUSCITER LES VICTIMES DE DISCOLO!
C'EST LA QUINZAINE DU MIRACLE!
WILMA, REGARDE; C'EST DYEU!
OUI, C'EST ÇA, ET JE SUIS LA REINE DE SABA!
AAAAGH!
...
C'EST LUI, IL EST REVENU!
MAUDIT DISCOLO! TU NE FERAS PLUS DE MAL À PERSONNE! J'EN FINIRAI MOI-MÊME AVEC TOI! CRÈVE, CRÈVE, CRÈÈÈÈÈÈVE!
AÏE! OUÏE! AÏE!
MADAME, ARRÊTEZ OU JE NE RESSUSCITE PERSONNE!
WILMA, ARRÊTE!
MMM... JE SAIS PAS... BOGIE EST SUPER MIGNON... MAIS JE TROUVE TOUJOURS QUE SOSON GOKU A UN JE NE SAIS QUOI.
ALLEZ, ON Y VA! SORTEZ DE MON STADE, IL FAUT QU'ON LE DÉSINFECTE!
C'EST PEUT-ÊTRE LE CHARBON?
OUPS! JE SUIS REVENU UN PEU TROP EN ARRIÈRE!

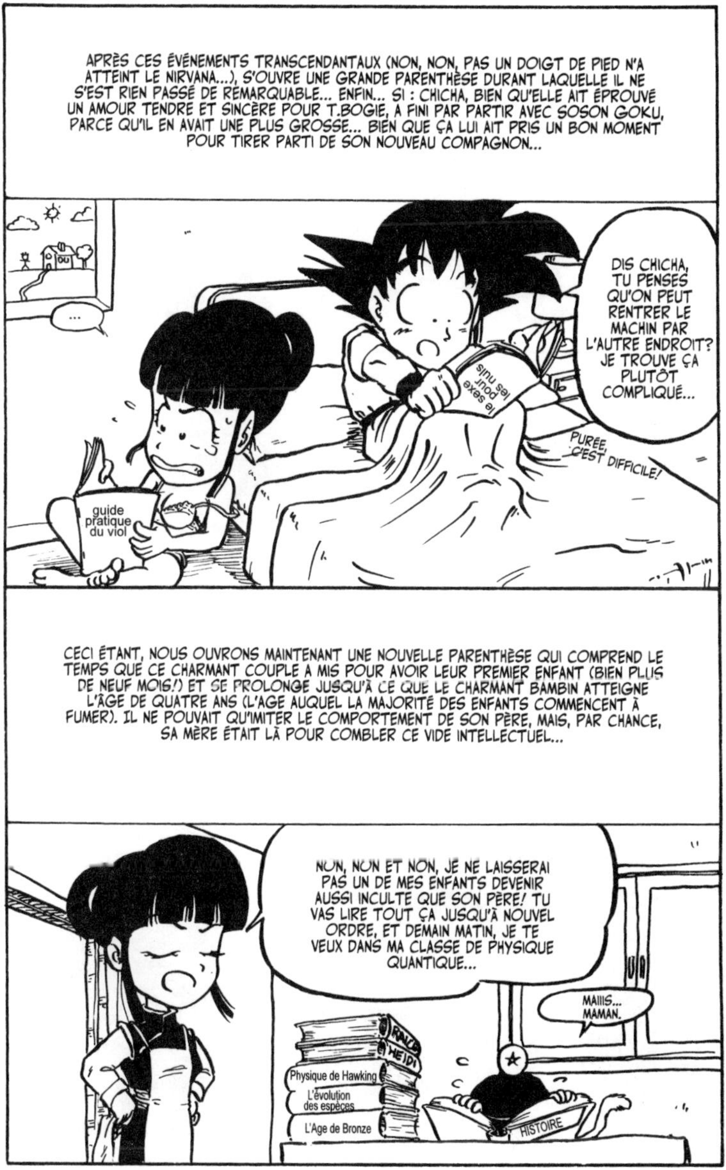
APRÈS CES ÉVÉNEMENTS TRANSCENDANTAUX (NON, NON, PAS UN DOIGT DE PIED N'A ATTEINT LE NIRVANA...), S'OUVRE UNE GRANDE PARENTHÈSE DURANT LAQUELLE IL NE S'EST RIEN PASSÉ DE REMARQUABLE... ENFIN... SI : CHICHA, BIEN QU'ELLE AIT ÉPROUVÉ UN AMOUR TENDRE ET SINCÈRE POUR T.BOGIE, A FINI PAR PARTIR AVEC SOSON GOKU, PARCE QU'IL EN AVAIT UNE PLUS GROSSE... BIEN QUE ÇA LUI AIT PRIS UN BON MOMENT POUR TIRER PARTI DE SON NOUVEAU COMPAGNON...
DIS CHICHA, TU PENSES QU'ON PEUT RENTRER LE MACHIN PAR L'AUTRE ENDROIT? JE TROUVE ÇA PLUTÔT COMPLIQUÉ...
le sexe pour les nuls
PURÉE, C'EST DIFFICILE!
...
guide pratique du viol
CECI ÉTANT, NOUS OUVRONS MAINTENANT UNE NOUVELLE PARENTHÈSE QUI COMPREND LE TEMPS QUE CE CHARMANT COUPLE A MIS POUR AVOIR LEUR PREMIER ENFANT (BIEN PLUS DE NEUF MOIS!) ET SE PROLONGE JUSQU'À CE QUE LE CHARMANT BAMBIN ATTEIGNE L'ÂGE DE QUATRE ANS (L'AGE AUQUEL LA MAJORITÉ DES ENFANTS COMMENCENT À FUMER). IL NE POUVAIT QU'IMITER LE COMPORTEMENT DE SON PÈRE, MAIS, PAR CHANCE, SA MÈRE ÉTAIT LÀ POUR COMBLER CE VIDE INTELLECTUEL...
NON, NON ET NON, JE NE LAISSERAI PAS UN DE MES ENFANTS DEVENIR AUSSI INCULTE QUE SON PÈRE! TU VAS LIRE TOUT ÇA JUSQU'À NOUVEL ORDRE, ET DEMAIN MATIN, JE TE VEUX DANS MA CLASSE DE PHYSIQUE QUANTIQUE...
MAIIIS... MAMAN.
RAIZA
HEIDI
Physique de Hawking
L'évolution des espèces
L'Age de Bronze
HISTOIRE

ET UN BEAU JOUR, À LA MAISON DE TORDU GÉNIAL...
MAÎTRE, VENEZ VOIR! C'EST SOSON GOKU!
S'IL TE PLAÎT TIKRILIN, TU SAIS QUE JE N'AIME PAS CE GENRE DE PLAISANTERIE...
MAIS, C'EST VRAI...
SAINTE MARIE MÈRE DE DIEU PLEINE DE GRÂCE, BLABLA BLA...
C'EST QUOI CE TRUC À TON BRAS? UNE MASCOTTE?
SALUT À TOUS! JE SUIS VENU VOUS PRÉSENTER MON FILS, CHUN GOHAN!*
*LA SUITE
QUELLE HORREUR! QUELLE ÉPOUVANTE! L'IMPENSABLE EST ARRIVÉ! IL S'EST REPRODUIT!
C'EST UNE CALAMITÉ, L'APOCALYPSE!
...
ON AURAIT DÛ COUPER LE MAL À LA RACINE QUAND ON EN AVAIT ENCORE LE TEMPS! IL N'EST PLUS SEUL MAINTENANT!
PÉNITENCE! PÉNITENCE!

ET... COMMENT EST-CE QUE... QUE S'EST-IL PASSÉ... D'OÙ IL SORT?
BEN... A VRAI, DIRE JE NE ME SOUVIENS DE RIEN. JE SAIS JUSTE QU'EN ME RÉVEILLANT UN JOUR, CHICHA FAISAIT DES BONDS DANS LA MAISON AVEC L'AIR SATISFAIT...*
JE CROIS QU'ELLE CRIAIT QUELQUE CHOSE COMME «JE LE SAVAIS! JE SAVAIS QU'AVEC L'HYPNOSE, J'Y ARRIVERAI!»
*ET SANS MÊME LE VOULOIR...
ET ENSUITE, ELLE A COMMENCÉ À GROSSIR...
...ET COMME ELLE NE MANGEAIT PAS ASSEZ POUR DEVENIR COMME ÇA, J'AI PENSÉ QUE ÇA DEVAIT ÊTRE QUELQUE CHOSE DE MAUVAIS. ALORS, UN BEAU JOUR, JE LUI AI MIS UN DIRECT EN PLEIN DANS LE BIDE, ET CET ENFANT EST TOMBÉ PAR TERRE...
...JE CROIS QU'IL S'EST COGNÉ LA TÊTE...
AAAH, QUELLE HORREUR, L'HISTOIRE DE RÉPÈTE !
C'EST UNE CALAMITÉ, L'APOCALYPSE!
...
C'EST SANS ESPOIR, IL SERA COMME SON PÈRE!
PÉNITENCE! PÉNITENCE!

PENDANT CE TEMPS, AU-DESSUS DE LA TERRE...

UN MOMENT! JE PERÇOIS UNE ÉMISSION D'ÉNERGIE!
NON... C'EST LE GAZ! JE L'AI LAISSÉ OUVERT!
MERDE!
C'EST UNE CRÉATURE QUI DÉGAGE UNE PUISSANTE ÉNERGIE ET ELLE SERA ICI DANS TRÈS PEU DE TEMPS!
PLASTAPLAFF!
BRAVO, MAÎTRE!
QUELLE ACUITÉ! QUELLE PERCEPTION! QUELLE PRÉCISION!
CLAP!
CLAP!
C'EST MON PAPA, ÇA!
CLAP!
...
CLAC!
!!

WOUAH, LE LOOK! JE SUIS SÛR QU'IL EST HOMO!
AH, HA, HA
HÉ, FILLETTE!
...
BON, ÇA SUFFIT! C'EST DU SÉRIEUX! MON NOM EST ROLEX!
OUAIS, C'EST SÛR, T'AS UN SÉRIEUX PROBLÈME...
HA HA HA
J'APPARTIENS À LA LIGNÉE DES GUERRIERS DE L'ESPACE ET MA RACE EST CELLE DES PUYAJINS!
PUYAHAHAHAHAAA!!!
HI HI HI
ARF, ARF!
IL EST RIDICULE!
C'EST LA FIN... PERSONNE NE ME PREND AU SÉRIEUX... PAPA AVAIT RAISON, NOTRE FAMILLE EST MAUDITE!
BUAAAAAH!

ÇA VA PAS! QUELLE DÉPRIME! J'AI BESOIN D'UNE CIGARETTE.
PUF PUF
SNIF!
FRACABOUM!!
!
YIKES!
C'EST UN COUP DE SOSON GOKU, JE LE SAIS! LA MAISON PLEINE DE GAZ ET IL Y LANCE UNE ALLUMETTE! JE VAIS LE... !
MAIS NON, JE SUIS LÀ MOI!
ARF
GASP
JE SUIS ROLEX, GUERRIER PUYAJIN DU MONDE DE VÉGÉTAL, ET JE RECHERCHE MON FRÈRE KAKACROT!
AH, ÇA M'A FAIT DU BIEN! J'AVAIS BESOIN DE CETTE CIGARETTE!

C'EST TOI! TU ES KAKACROT!
JE RECONNAÎTRAIS TA TÊTE D'ANDOUILLE N'IMPORTE OÙ!
QUOI? COMMENT TU M'AS APPELÉ?
TU VEUX QUE JE ME FÂCHE!
ÇA SUFFIT! TON VÉRITABLE NOM EST KAKACROT, ET TU APPARTIENS À LA RACE DES PUYAJINS, LES TERRIBLES GUERRIERS DE L'ESPACE, RÉPUTÉS POUR NOTRE HABILITÉ À FOUTRE DES RACLÉES MONUMENTALES À NOS ENNEMIS!
MAIS POUR JE NE SAIS QUELLE RAISON, TON QUOTIENT INTELLECTUEL APPARTIENT AU ROYAUME DES MINÉRAUX GRANITIQUES, C'EST POUR ÇA QUE TU ES INCAPABLE DE TE CONDUIRE COMME UN PUYAJIN! TU ES UNE HONTE POUR NOTRE RACE ET POUR ÇA, JE DOIS T'ÉLIMINER!
AH... MAIS ATTENDS, TU NE ME LAISSES PAS L'OPPORTUNITÉ DE ME JOINDRE À VOUS POUR RACHETER MES ACTIONS? C'EST LA COUTUME...
MMM... OUAIS, JE SAIS QUE C'EST LA COUTUME... BIEN QUE DANS TON CAS... BON ÇA MARCHE! VEUX-TU TE JOINDRE À NOUS ET TOUT ÇA?
NON! JAMAIS JE NE ME JOINDRAI À DES MONSTRES ASSOIFFÉS DE SANG COMME VOUS!
J'AVAIS TOUJOURS RÊVÉ DE DIRE ÇA DANS UNE SITUATION COMME CELLE-CI...

BIEN, UN ABRUTI EN MOINS!
AVEC L'ÉNERGIE MERDIQUE DONT TU DISPOSES, TU NE RÉSISTERAS MÊME PAS LE TEMPS D'UN SOUPIR!
OH! T'ES DUR AVEC LUI, ROLEX!
CHIER!
AH, J'AI LE NEZ QUI ME DÉMANGE. AAAT... AAAT...
CHISSSH!!
SMASH!
AFGGH, MON PACEMAKER... IL S'EST ARRÊTÉ... MON PA.CE..MAK...
ARG
ARF!
GASP
BLAFF!!*
OH LA VACHE! J'AI BUTÉ MON TONTON! QUAND JE VAIS RACONTER ÇA AU BAHUT JE VAIS ÊTRE LA MÉGA STAR!

*ET IL MOURUT

ILS ONT ÉLIMINÉ ROLEX!
BIEN, NOUS SAVONS CE QUE NOUS VOULIONS SAVOIR! PRÉPAREZ MON VAISSEAU!
DIS, QU'EST-CE QU'ON FAIT AVEC LUI?
J'SAIS PAS... REGARDE DANS SES POCHES.
VOYONS VOYONS...
MONFISTONÀMOIMASAUVÉLA-VIE! MERCIMERCIMERCIMERCI!
«LES VIEUX»
TSS, QUELLE GALÈRE!
UN MOMENT! IL ME SEMBLE PERCEVOIR UNE AUTRE ÉNERGIE TRÈS PUISSANTE...
BIP
bip
NON! TU NE PERÇOIS RIEN DE RIEN! RIEN DU TOUT!
J'AI DÉJÀ PLUS DE MAISON!
ENFIN PAPI, CALMEZ-VOUS!

!?
HÉ!
HEIN? LA TRACE D'ÉNERGIE A DÉVIÉ DE SA TRAJECTOIRE!
GRÂCE À MOI...!
HEIN?
DISCOLO! LE GRAND ROI DES DIABLES!
JE SUIS AU COURANT DE TOUT ALORS S'IL VOUS PLAÎT, ABRÉGEONS...
JE SUIS VENU POUR UNE RAISON TRÈS SÉRIEUSE!

VOUS DEVEZ VENIR IMMÉDIATEMENT AVEC MOI AU PALAIS DE DYEU!
LUI ET MOI, NOUS AVONS UNE RÉVÉLATION À VOUS FAIRE!
ET INTERDICTION DE PENSER À DES COCHONNERIES! PAS DE PENSÉES NÉGATIVES!
PEU APRÈS (NE NOUS DEMANDEZ PAS COMMENT), DANS LE PALAIS DE DYEU...
HEAVEN
ART DÉCO, QUEL BON GOÛT.
L'ENDROIT A UN PEU RAPETISSÉ DEPUIS LA DERNIÈRE FOIS, NON?
C'EST CE QU'ON APPELLE GRANDIR, PAPA.
...
JE VOUS REMERCIE D'ÊTRE VENU SI VITE, ÉTANT DONNÉ QUE JE DOIS RENDRE PUBLIC CERTAINS FAITS QUI SONT, À L'HEURE ACTUELLE, RÉELLEMENT TRANSCENDANTAUX.
ACCROCHEZ-VOUS...

EN PREMIER LIEU, VOUS DEVEZ SAVOIR QUE DISCOLO ET MOI... SOMMES LA MÊME PERSONNE!
?
?
MAIS BIEN SÛR PAPI, BIEN SÛR...
LE PAUVRE, C'EST L'ÂGE
TAP TAP
SUFFIT LES CONNERIES! VOUS DEVEZ SAVOIR QU'AU COMMENCEMENT, JE SUIS VENU ICI POUR ÊTRE DYEU, MAIS CELUI QUI OCCUPAIT DÉJÀ LE POSTE NE M'A PAS JUGÉ DIGNE. ALORS JE ME SUIS DÉDOUBLÉ POUR ÊTRE DEUX CONTRE UN, JE L'AI ENVOYÉ SE FAIRE VOIR ET JE ME SUIS EMPARÉ DU POSTE!
P'TIT CON!
ATTENTION, VOTRE TENSION!
«MA MAUVAISE MOITIÉ FUT DISCOLO, GRAND ROI DES DIABLES, QUI EST PARTI SEMER LE CHAOS ET LE MAL DE PAR LE MONDE.»
HO HO HO HO HO

MAIS À L'HEURE QU'IL EST, MÊME SI DISCOLO A CHANGÉ DE CAMP, LA TERRE EST À NOUVEAU EN GRAND DANGER. C'EST LÀ QUE TU ENTRES EN JEU SOSON GOKU.
CE TYPE, QUE VOUS AVEZ BATTU SI TRANQUILLEMENT, S'EST IDENTIFIÉ COMME UN GUERRIER DE L'ESPACE DE LA RACE PUYAJIN, ET LE PLUS IMPORTANT, T'A IDENTIFIÉ TOI, SOSON GOKU, COMME ÉTANT L'UN DES LEURS...
AH, OUI!
MAIS LE PIRE DE TOUT, C'EST QU'IL EN ARRIVE D'AUTRES! POUR LE MOMENT, NOUS LES AVONS BLOQUÉS, LES LAISSANT EN ORBITE POUR GAGNER DU TEMPS!
MAIS NOUS DEVONS AGIR VITE!
LES PUYAJINS SONT DES DESTRUCTEURS DE MONDES! ILS DÉVASTENT DES PLANÈTES ET ILS LES REVENDENT ENSUITE À DES CHAÎNES DE FAST-FOOD!
J'AI COMPRIS! CE QU'IL FAUT FAIRE C'EST LES AVERTIR QUE NOUS TENONS L'UN DES LEURS ET MENACER DE L'ÉLIMINER S'ILS NE RENONCENT PAS LEUR INVASION!
...
OUI OUI!
NON! LA SOLUTION N'EST PAS SI SIMPLE! J'AI BESOIN DE TA TOTALE COLLABORATION POUR LE PLAN QUE J'AI EN TÊTE!

TU ES QUELQU'UN DE TRÈS FORT, MAIS TU N'AS PAS REÇU UN ENTRAÎNEMENT ADÉQUAT ET CONTRE DEUX OU TROIS DE CES GARS TU N'AS AUCUNE CHANCE... (DE PLUS ROLEX A OMIS DE PRÉCISER UN DÉTAIL, LES AUTRES SONT BEAUCOUP PLUS FORTS QUE LUI). MAIS IL EXISTE UN MAÎTRE DANS L'AU-DELÃ QUI T'ENSEIGNERA TOUT CE QU'IL TE FAUT SAVOIR.
MAIS POUR CELA, TU DOIS MOURIR AVANT, AFIN D'ACCÉDER Ã L'AU-DELÃ. PENDANT CE TEMPS, J'ENTRAÎNERAI TON FILS, CAR J'AI VU EN LUI UN FORT POTENTIEL...
ET UNE FOIS ENTRAÎNÉ, JE REVIENS COMMENT?
SOIS TRANQUILLE, ON S'EN OCCUPERA...
D'ACCORD. TON PLAN ME PARAÎT ACCEPTABLE.
HO HO HO... J'AI TOUT INVENTÉ ET IL A TOUT AVALÉ...
C'EST GÉANT!
COMME TU ES UN CORIACE, NOUS ALLONS DEVOIR EMPLOYER LES GRANDS MOYENS, AFIN DE MENER Ã BIEN TON PASSAGE DANS L'AUTRE MONDE!
100 T
CITY HUNTER SP
HÉ! LAISSE, LAISSE, JE M'EN OCCUPE!
LAISSE-MOI AU MOINS LE PREMIER COUP DE MASSE!
...
VOUS TENEZ TANT QUE ÇA À CE QUE J'ATTEIGNE MON OBJECTIF! JE SAIS MAINTENANT COMBIEN VOUS M'APPRÉCIEZ!
SNIF

ET... AU FAIT... QUAND JE SERAI ARRIVÉ LÀ-BAS. QUI JE DEMANDE? COMMENT S'APPELLE CE MAÎTRE?
CROTTE! J'AI PAS MON CAMESCOPE!
HEU... POISKAÏO! C'EST ÇA, IL SE NOMME...POISKAÏO!
IL EST BLEU! AVEC DES ANTENNES! VOILÀ!
KISS ME GOOD BYE
YAAAAAA!
CRUNCH
EPS... JE SUIS TOUJOURS LÀ!
!!!
¡$#/†!
CRASH!
CRASH!
TUTCH!
PLOTCH!
SPLASH!
PFFF!... C'EST FAIT!!
LA VACHE! LA DERNIÈRE FOIS QUE J'AI VU ÇA C'ÉTAIT CHEZ PIZZA HUT!

MAINTENANT J'EMMÈNE CE NABOT AVEC MOI, POUR L'ENTRAÎNER!
PAPA...
ÇA, ON JETTE...
ET TOI, GAMIN, ARRÊTE DE FAIRE TA PLEUREUSE, JE VAIS FAIRE DE TOI UN HOMME!
TROUILLARD
ALLEZ, ON Y VA!
!
AAAH!
J'ESPÈRE QU'ILS RÉUSSIRONT. LA TERRE EST EN GRAND DANGER...
TIKRILIN, TROUVE-MOI LES N°DE TÉ SIN PAH, YANSHA ET TOUS LES AUTRES!
ICI?
ECOUTEZ, DYEU, PAS QUESTION QUE JE NETTOIE «ÇA».

MAINTENANT, JE VAIS ACCOMPLIR LA PARTIE «B» DE MON PLAN. J'ÉLIMINE LE NAIN ET JE RESTE L'UNIQUE DÉFENSEUR SUPERPUISSANT DE LA TERRE...
«OH, JE NE COMPRENDS PAS COMMENT IL A PU M'ÉCHAPPER ALORS QUE JE VOLAIS SI HAUT!»
HAA!
«NI COMMENT IL A PU TOMBER DANS UN TEL ENDROIT!»
WHAHAHA
SAYONARA BABY!
HAAAA!
SAUT À L'ELASTIQUE SANS ÉLASTIQUE!
JURASSIC PARK
ET MAINTENANT, JE ME PRÉPARE!
PENDANT CE TEMPS... AU-DELÀ DU TEMPS ET DE L'ESPACE...
ECOUTEZ MADEMOISELLE, JE SUIS MARIÉ ET...

PRÉPAREZ-VOUS À ÊTRE JUGÉ!
NOUS SOMMES LA LOI.
JUDGE
GENMA
RAMBO
HEU... AVANT TOUTES CHOSES... POURRIEZ-VOUS ME RENDRE UNE FAVEUR?
POURRIEZ-VOUS M'INDIQUER OÙ SE TROUVE UN CERTAIN MONSIEUR POISKAÏO?
...
EHEM
Aaaaarg! Les pandas ne peuvent pas parler!
K.O.
LE TYPE QUE TU DEMANDES HABITE AU BOUT DU CHEMIN DU SERPENT, 3ÈME PORTE À DROITE...
AH... MERCI...
Ils m'ont aussi collé aux réclamations!
PAS SI VITE, PRÉSUMÉ INNOCENT! TU VAS ME SIGNER TES PAPIERS D'IMMIGRATION!

ET LE TEMPS PASSE...

QU'EST-CE QUE JE VAIS FAIRE? ILS ONT TUÉ MON PÈRE ET ILS M'ONT LAISSÉ ICI. DANS CETTE TERRIBLE JUNGLE DÉSERTE!
SNIF!
HÉ GAMIN, SOURIS À LA VIE!
MAISON DE TORDU GÉNIAL...
JE SUIS RAVI DE VOUS VOIR TOUS ICI, L'HEURE EST VRAIMENT GRAVE!
EN TRAVAUX
TOUT D'ABORD... SOSON GOKU EST MORT!
VISIBLEMENT, DES GUERRIERS EXTRA-TERRESTRES, LES PUYAJINS, ONT DÉCIDÉ DE VENIR CONQUÉRIR LA TERRE. CE SONT DES TYPES SUPER BALÈZES ET IL VA ÊTRE DIFFICILE DE LES BATTRE. MAIS JE COMPTE SUR VOUS POUR LEUR RÉSISTER...
ATTENDEZ UN INSTANT! J'AI PAS FINI!

JE VOIS QUE VOUS ÊTES COURAGEUX ET INTRÉPIDES...
HE BEN SACHEZ QUE SI SOSON GOKU EST MORT, C'EST PARCE QU'IL VOULAIT S'ENTRAÎNER DANS L'AU-DELÀ ET DEVENIR UN GUERRIER SURPUISSANT!
BANDE DE LÂCHES!
MON DIEU, IL ÉTAIT ENCORE PLUS BÊTE QUE JE LE PENSAIS!
QUAND JE PENSE QU'IL SUFFISAIT DE LUI DIRE QUE LE C-4 ÉTAIT DU NOUGAT DE MONTÉLIMAR...
HOULÀ!

AU BOUT DE CE CHEMIN VIT M. POISKAÏO.
D... DITES, C'EST PAS UN PEU LONG?
ET POURQUOI ÇA S'APPELLE LE «CHEMIN DU SERPENT»?
J'AI ICI LA RÉPONSE À VOS QUESTIONS.
!!
AVEC LE STIMULANT QUE L'ON OFFRE À CEUX QUI PASSE PAR ICI LE CHEMIN PARAÎT BIEN MOINS LONG. VOUS COMPRENEZ?
COURS «STIMULANT», COURS, TU VAS L'ATTRAPER!
EN CE MOMENT, SOSON GOKU A DÛ COMMENCER À S'ENTRAÎNER DANS L'AU-DELÀ. AH, COMME JE L'ENVIE !
...
MURUROA

TOUT PRÈS.
DIS, DISCOLO. OÙ EST CHUN GOHAN? JE VOUDRAIS PARLER AVEC LUI.
IL N'EST PAS LÀ. IL A DISPARU DANS DES CIRCONSTANCES MYSTÉRIEUSES.
COMMENT?
JE NE SUIS PAS SA NOURRICE! DE PLUS, JE SUIS TRÈS OCCUPÉ À M'ENTRAÎNER. ALORS SI TU AS TANT BESOIN DE LUI, VA LE CHERCHER TOI-MÊME!
QU'IL EST GROSSIER! ENFIN... JE VOULAIS JUSTE SAVOIR S'IL ME LAISSAIT LA BOULE DE KEHU-RON QU'IL PORTE SUR LUI, VU QUE JE SUIS À NOUVEAU SUR LE POINT DE LES RÉUNIR... BON, JE PEUX TOUJOURS LE LOCALISER AVEC LE SCANNER-BOULE...
NON! SI LOIN?
JE VAIS DEVOIR DEMANDER DU BLÉ À MON PAPA!
GASP!
PANT
PANT
IL... IL S'EST ENFIN ARRÊTÉ...
SAINTE MÈRE DE DIEU, QUEL EMMERDEUR
OUF
ARF
GASP!
PANT
PANT
GASP!

PLANÈTE POISKAÏ
LA MAISON DE POISKAÏO! J'AI RÉUSSI! JE SUIS AU BOUT DU CHEMIN!
JE SUIS...
...
MONSIEUR POISKAÏO... COUCOU! C'EST MOI! JE SUIS ARRIVÉ!

BLAFF!
!
HOUBA?
M... MONSIEUR POISKAÏO?
C'EST VOUS?
NON C'EST MOI! ET J'EN AI MARRE QUE TOUT LE MONDE ME CONFONDE AVEC MA MASCOTTE!
J'AI PAS UNE TÊTE DE SINGE... NON MAIS.
AH OUI, C'EST VRAI! BLEU AVEC DES ANTENNES. DISCOLO ME L'AVAIT DIT!

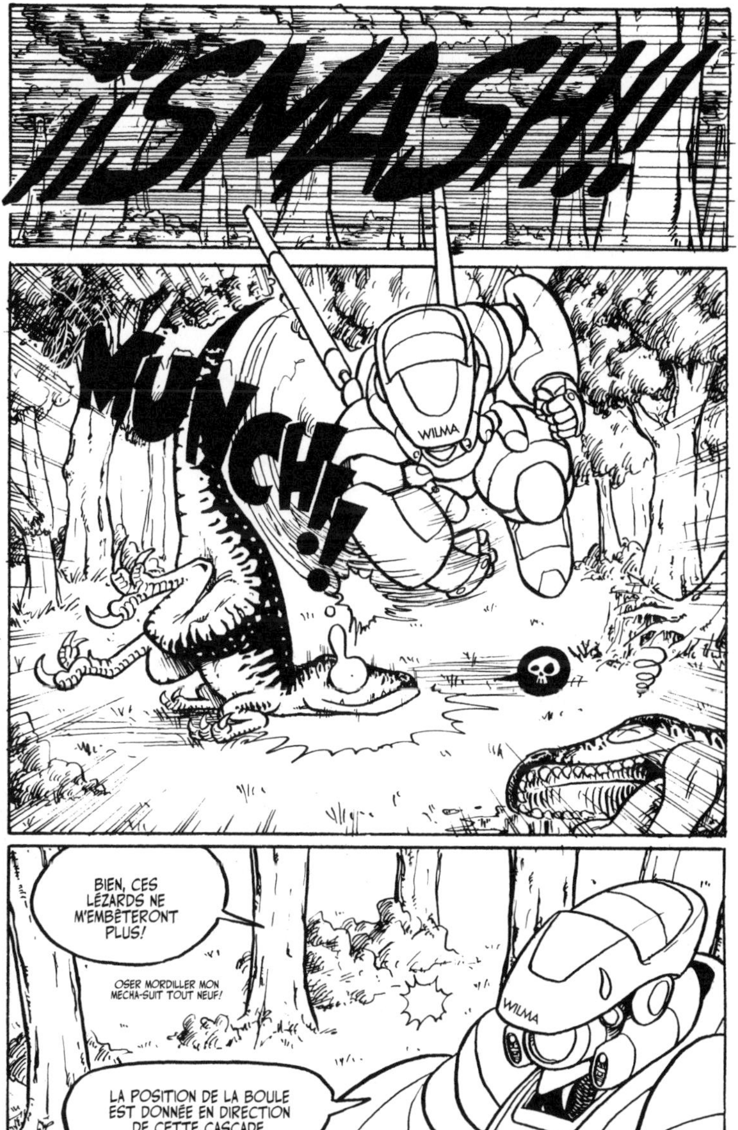
!!SMASH!!
MUNCH!!
BIEN, CES LÉZARDS NE M'EMBÊTERONT PLUS!
OSER MORDILLER MON MECHA-SUIT TOUT NEUF!
WILMA
LA POSITION DE LA BOULE EST DONNÉE EN DIRECTION DE CETTE CASCADE, LÀ-BAS AU FOND!

JE NE SUIS PAS LOIN!
BROUM!
IL VAUDRAIT MIEUX QUE J'EXPLORE SANS ÊTRE VUE!
VOYONS, QUE...
?
AKUMA MATATAAAA! QUEL CHANT FANTASTIQUE!

J'EN AI MARRE! MARRE DE CETTE PUTAIN DE FAMILLE D'ABRUTIS!
HÉ... C'EST QUI L'AUTRE HYSTÉRIQUE?
DI... DITES CHEF... JE SUPPOSE QUE LES FRAIS DE TEINTURERIE SERONT COUVERTS PAR LA PRIME DE RISQUE, HEIN? PARCE QUE JE ME SUIS...
SILENCE! NE ME PARLE PAS DE CES SALOPERIES, ÇA ME DONNE ENVIE À MOI AUSSI!
...J'AI DONC DÉCIDÉ D'ABANDONNER TOUTE FORME DE COMBAT. MES AMIS M'ONT CONVAINCU DE ME JOINDRE À L'UNE DE LEUR COMMUNAUTÉ. À PARTIR DE MAINTENANT, FINI LE MATÉRIALISME, LA VIOLENCE ET LA LOTERIE PRIMITIVE.
C'EST BIEN, J'EN SUIS CONTENTE POUR TOI.
SUPER, JE N'AI PAS EU À TUER POUR L'AVOIR

ET C'EST QUOI CET ENDROIT?
D'APRÈS CE QUE M'ONT EXPLIQUÉ MES AMIS, C'EST UN SITE EXPÉRIMENTAL OÙ ON A ESSAYÉ DE REDONNER VIE AUX DINOSAURES, EN CLONANT LEUR ADN FOSSILISÉ ET EN COMBINANT AVEC CELUI DES AMPHIBIENS, DES GRENOUILLES... MAIS LES PREMIERS RÉSULTATS N'ONT PAS ÉTÉ TRÈS SATISFAISANTS...
CROAK!
RIBIDI RIBIDI
BON, TU PASSERAS LE BONJOUR À MA MÈRE ET DIS-LUI DE NE PAS S'INQUIÉTER, QU'ICI TOUT SE PASSE TRÈS BIEN ET QUE J'ESPÈRE QUE VOUS VOUS EN SORTIREZ AVEC LES PUYAJINS.
QUOI? TU VAS TE LA COULER DOUCE PENDANT QUE CES ÉNERGUMÈNES DÉBARQUENT ET NOUS LIQUIDENT? TU N'Y PENSES PAS?
MOI NON PLUS, D'AILLEURS. C'EST MÊME POUR ÇA QUE JE SUIS VENU!
ECOUTE, WILMA, IL VA ÊTRE CINQ HEURES ET À CETTE HEURE-CI, IL NEST PAS TRÈS SÛR DE SE BALADER EN FORÊT!
AH, BON? POURQUOI?

CRASH!!
!
...
PFSSSS...
TU SAIS POURQUOI LES CROCODILES SONT AUSSI PLATS?
OUI, JE SAIS!! D'ACCORD?!
C'EST UNE MALÉDICTION! MON LIEN AVEC CETTE FAMILLE EST UNE MALÉDICTION! POURQUOI? POURQUOIIII?
BUAAH
AAH!!
TE METS PAS DANS CET ÉTAT... JE CROIS QUE JE VAIS Y ALLER... TU AS RAISON, J'AI PRIS DE MAUVAISES HABITUDES EN VIVANT ICI. IL FAUT QUE J'ESSAIE D'ÊTRE UTILE À CEUX QUI COMPTENT POUR MOI, ET SI MOI, JE NE COMPTE POUR PERSONNE, MON SACRIFICE AURA AU MOINS ÉTÉ UTILE...
!?

LES RÈGLES POUR SUIVRE MON ENSEIGNEMENT SONT TRÈS STRICTES.
HOUBA
ET IL Y A UNE CONDITION INDISPENSABLE POUR DEVENIR MON ÉLÈVE!
AH OUI? LAQUELLE?
TU DOIS ME RACONTER UNE BLAGUE OU ME FAIRE RIRE D'UNE FAÇON OU D'UNE AUTRE!
PARC'QU'ICI, SEUL AVEC LA BESTIOLE, JE M'ENNUIE MOI!
QUOI?
MAIS JE SAIS PAS RACONTER DES BLAGUES, MOI!
QUE PUIS-JE FAIRE? QUE...?
UN MOMENT! JE CROIS QUE JE SAIS!
VOUS M'AVEZ DEMANDÉ DE VOUS FAIRE RIRE, C'EST BIEN ÇA?
EN EFFE...
PTAF!
AYAYAÏ! HIHIHI! AYAYAÏ! MON ÉCHINE! HI, HI, HI! FILS DE PUTE ! HI, HI, HI, HI! AYAYAÏE!
BEN... JE CONNAISSAIS QUE CETTE MÉTHODE...

PENDANT CE TEMPS, DANS LA MAISON DE TORDU GÉNIAL, ON S'ENTRAÎNE
...
KAME HOUSE
PUF PUF PUF
TÉ SIN PAH, TON RAFRAÎCHISSEMENT!
QUEL COUP DE BOL QU'ILS AIENT REPRIS L'ENTRAÎNEMENT. HEIN, M. TORDU?
PAS DU TOUT. LE RÉSULTAT DE LA BATAILLE RESTE TOUJOURS INCERTAIN... JE COMMENCE À CROIRE QU'IL NE SERAIT PAS SUPERFLU D'ALLER CONSULTER MA SŒUR, LA SORCIÈRE BAVA, SUR L'ISSUE DE CE CONFLIT... JE CROIS QU'ELLE DONNE SON N° DANS SES ANNONCES TÉLÉ...
JE VAIS LE CHERCHER...
HEM!
QUEL CUL BORDÉ DE NOUILLES CE TÉ SIN PAH! IL EST TOMBÉ SUR CETTE FULGURO-BOMBASSE DANS UNE BOÎTE DE NUIT ET DEPUIS ELLE NE LE QUITTE PLUS.
OUAIS, Y'EN A QUI ONT DE LA CHANCE... MOI JE NE SUIS TOUJOURS PAS CERTAIN QUE WILMA S'INTÉRESSE À MOI! ALORS QUE JE ME SUIS FAIT CES CICATRICES POUR QU'ELLES ME DONNENT PLUS DE CARACTÈRE!
TOUT AU CUTTER. ÇA M'A COÛTÉ UN MAX.
BOING BOING

HÉ, DISCOLO!
QUOI? QU'EST-CE QUI Y'A ENCORE?
CHUN GOHAN VOUDRAIT QUE TU L'ENTRAÎNES POUR LE COMBAT...
OH! BIEN SÛR... C'EST QUE LE TEMPS QUE TU AS PASSÉ À SURVIVRE DANS LA JUNGLE FAISAIT PARTIE DE TON ENTRAÎNEMENT! TU L'IGNORAIS?
LE FILS DE PUTE! IL EST VIVANT!
AH OUI? TROP COOL!
SNIF, JE NE L'AURAIS JAMAIS CRU... CE GAMIN EST UN HÉROS...! BOUAAA...!
WILMA, PAR PITIÉ, ÇA FAIT TROIS PLOMBES QUE T'ES COMME ÇA!
OH BOULE AU POUVOIR MAGIQUE ET À PLUS DE 200.000 BALLES QUE JE DOIS ENCORE PAYER AVEC DE TRÈS BONS TAUX D'INTÉRÊT... MONTRE-MOI LE FUTUR IMMÉDIAT ET DONNE-MOI LE RÉSULTAT DE CE TERRIBLE COMBAT!

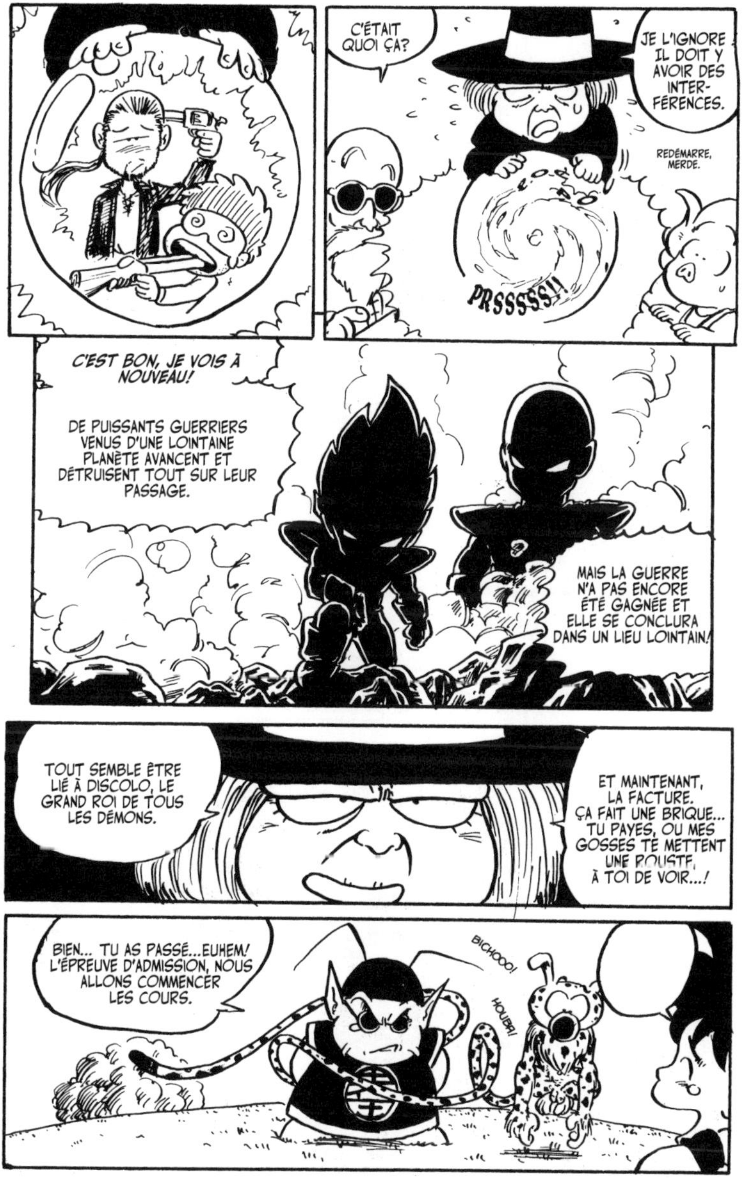
C'ÉTAIT QUOI ÇA?
JE L'IGNORE. IL DOIT Y AVOIR DES INTER-FÉRENCES.
REDÉMARRE, MERDE.
PRSSSSS!!
C'EST BON, JE VOIS À NOUVEAU!
DE PUISSANTS GUERRIERS VENUS D'UNE LOINTAINE PLANÈTE AVANCENT ET DÉTRUISENT TOUT SUR LEUR PASSAGE.
MAIS LA GUERRE N'A PAS ENCORE ÉTÉ GAGNÉE ET ELLE SE CONCLURA DANS UN LIEU LOINTAIN!
TOUT SEMBLE ÊTRE LIÉ À DISCOLO, LE GRAND ROI DE TOUS LES DÉMONS.
ET MAINTENANT, LA FACTURE. ÇA FAIT UNE BRIQUE... TU PAYES, OU MES GOSSES TE METTENT UNE ROUSTE, À TOI DE VOIR...!
BIEN... TU AS PASSÉ...EUHEM! L'ÉPREUVE D'ADMISSION, NOUS ALLONS COMMENCER LES COURS.
BICHOOO!
HOUBA!

POUR COMMENCER... TU DOIS CONCENTRER TOUTE TON ÉNERGIE DANS TES EXERCICES, AFIN QU'ILS SOIENT EFFICACES.
HOUBA!
ET UNE FOIS QUE TU AURAS APPRIS À CANALISER TOUTE CETTE ÉNERGIE, TU SAURAS L'UTILISER EFFICACEMENT LE TEMPS...
HOUBA!
...QUE TU VOUDRAS, OU POURRAS L'UTILISER D'UN SEUL COUP AFIN DE NEUTRALISER UN ADVERSAIRE VRAIMENT PUISSANT... EXCUSE-MOI UN INSTANT...
HOUBA!
ARGN!
CHAK!
HOUBA?
...
ECOUTE, LAISSONS DE CÔTÉ LA THÉORIE ET COMMENÇONS LA PRATIQUE: TU DOIS CHASSER CETTE BÊTE-LÀ!
PFSSSSSS!!
NON, NON, NON! AVEC CE MAILLET QUE J'ALLAIS TE DONNER!
AH!
RAID
HOUBA!

BON, LAISSE TOMBER! PASSONS À UNE AUTRE PHASE PRATIQUE!
TU DOIS APPRENDRE À CANALISER TOUTE TON ÉNERGIE PAR DES EXERCICES QUI TE SERVIRONT D'ENTRAÎNEMENT!
ET LESQUELS?
EXPLIQUEZ-MOI!
¡HOUBA!
TU VAS TOUT DE SUITE LE SAVOIR... HA, HA, HA, HA, HA, HA!
PENDANT CE TEMPS, SUR LA TERRE...
TU ES SÛR QUE CET ENTRAÎNEMENT N'EST PAS TROP DANGEREUX?
DU CALME, IL EST GRAND TEMPS QU'IL CESSE D'ÊTRE UNE FILLETTE!
JE LE FAIS POUR SON BIEN...
BOING!
?
HARLEM
I HATE NIGGERS

«L'ENTRAÎNEMENT INDIRECT» DE SOSON GOKU...
0001HA
...
UN, DEUX, TROIS, SAUTER...
UN, DEUX, TROIS, SAUTER...
UN, DEUX, TROIS
BOF!
BOF!
PANT!
CET ENTRAÎNEMENT INDIRECT S'AVÈRE ÊTRE RÉELLEMENT PRODUCTIF. IL EST EN TRAIN DE ME REMETTRE LA PLANÈTE À NEUF.
JE CROIS QUE JE VAIS LUI SUGGÉRER DE GOUDRONNER LE CHEMIN DU SERPENT...
TRAVAUX
METRO
RUN, RUN, RUNRUN, RUN
ET LE TEMPS PASSE...
ATTENTION CHEF, Y'A HUBBLE QUI ARRIVE!
CHAUFFARD
JE N'AI BIENTÔT PLUS DE PROVISIONS ET J'AI BESOIN DE ME RASER. IL FAUT EN FINIR AVEC ÇA ET VITE!

CHUN GOHAN POURSUIT SON ENTRAÎNEMENT... COMME IL PEUT...

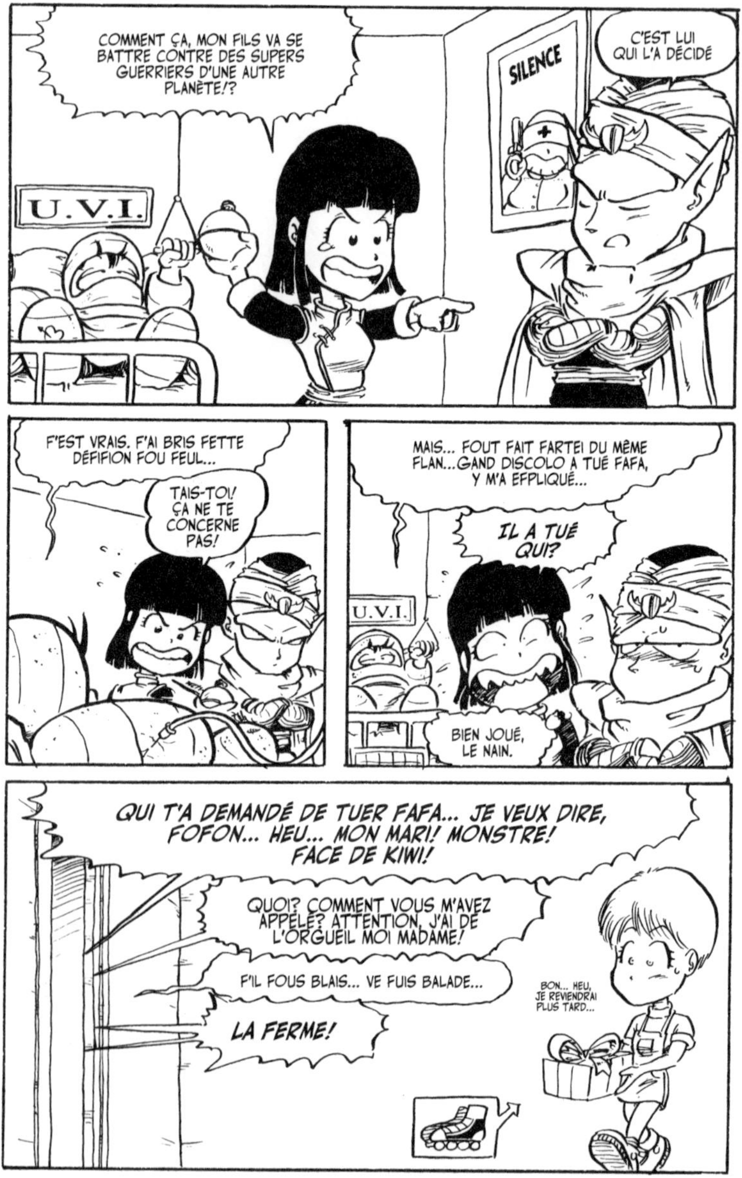
COMMENT ÇA, MON FILS VA SE BATTRE CONTRE DES SUPERS GUERRIERS D'UNE AUTRE PLANÈTE!?
C'EST LUI QUI L'A DÉCIDÉ
SILENCE
U.V.I.
F'EST VRAIS. F'AI BRIS FETTE DÉFIFION FOU FEUL...
TAIS-TOI! ÇA NE TE CONCERNE PAS!
MAIS... FOUT FAIT FARTEI DU MÊME FLAN...GAND DISCOLO A TUÉ FAFA, Y M'A EFPLIQUÉ...
IL A TUÉ QUI?
U.V.I.
BIEN JOUÉ, LE NAIN.
QUI T'A DEMANDÉ DE TUER FAFA... JE VEUX DIRE, FOFON... HEU... MON MARI! MONSTRE! FACE DE KIWI!
QUOI? COMMENT VOUS M'AVEZ APPELÉ? ATTENTION, J'AI DE L'ORGUEIL MOI MADAME!
F'IL FOUS BLAIS... VE FUIS BALADE...
LA FERME!
BON... HEU, JE REVIENDRAI PLUS TARD...

UN PEU PLUS...! VOILÀ, PARFAIT!
JE SUIS TRÈS HAUT
?
HOUBA
J'AI TOUJOURS VOULU AGRANDIR MA MAISONNETTE DE QUELQUES ÉTAGES SUPPLÉMENTAIRES.
PUFFF... JE CROIS BIEN QU'AVEC ÇA JE DOIS AVOIR FAIT UNE TONNE D'EXERCICE!
!
JE CROIS QU'IL NE RESTE PLUS RIEN À FAIRE... JE VAIS DEVOIR LE RENVOYER SUR TERRE.
DOMMAGE
MMM
RÉFLÉCHISSONS... QUELLES TECHNIQUES VAIS-JE LUI DIRE QU'IL A SOI-DISANT APPRISES?
HOUBA

ON A RÉUSSI! ON A REPRIS LE CONTRÔLE!
NON!
ILS SE SONT LIBÉRÉS!
?
...ET EN FAISANT COMME ÇA AVEC LA MAIN, ON OBTIENT «L'ATTAQUE DE POISKAÏO». N'OUBLIE PAS DE DIRE SON NOM À VOIX HAUTE, C'EST POUR LE COPYRIGHT...
HOUBA
ET CE TRUC FLOTTANT QUI VIENT D'APPARAÎTRE, C'EST QUOI?
ÇA ME TURLUPINE

JE CROIS QUE QUELQUE CHOSE SE TRAME SUR LA TERRE : ÇA M'A TOUT L'AIR D'ÊTRE UNE ICÔNE ABSTRAITE -D'ADMIRATION OU DE SURPRISE- DE LA NARRATION GRAPHIQUE DE LÀ-BAS. JE VAIS SYNTONISER, ON VERRA...
TIT TIT TIT TIT TIT TIT TIT TIT TIT TIT
DITES, SI VOUS CAPTEZ LA PREMIÈRE CHAÎNE, MOI ÇA ME VA!
VOUS AVEZ UNE PARABOLE?
CE SONT LES GUERRIERS PUYAJINS DE LA PLANÈTE VÉGÉTALE! ILS VONT ENVAHIR LA TERRE!
C'EST VOTRE RÉPONSE?
AH! C'EST CE QUE J'ATTENDAIS!
POUR MON SOURIRE, J'UTILISE TONYGLANDILE
NE SOIS PAS SI PRESSÉ, ON NE PEUT PAS TE FAIRE REVENIR COMME ÇA, IL FAUT QU'ON TE FASSE RESSUSCITER!
ZAPPE, ZAPPE, JE PRÉFÈRE LES NULS
EN PLUS, TU DOIS ENCORE ME PAYER L'INSCRIPTION AUX COURS, JE VIS PAS D'AMOUR ET D'EAU FRAÎCHE, MOI!
TIL TIL TIL
(QU'EST-CE QUE JE PEUX ÊTRE MESQUIN MOI)
UNE MÉTÉO TRÈS PARTICULIÈRE...
ALORS, ILS ARRIVENT!
BON, VOILÀ CE QU'ON VA FAIRE. JE VAIS TROUVER OÙ VONT ATTERRIR LES VAISSEAUX EXTRATERRESTRES. J'Y EMMÈNERAI TIKRILIN, HAVOC, TÉ SIN PAH ET YANSHA. QUE ULOM ET MADEMOISELLE FLUNCH SORTENT CHUNGO HAN DE L'HÔPITAL, ET... WILMA, TU NE CHERCHAIS PAS LES BOULES DE KEHU RON?

SI, EN EFFET, JE VEUX DEMANDER AU DRAGON QU'IL...
ÇA PEUT ATTENDRE, TU DOIS RESSUSCITER SOSON GOKU!
QUOI? VOUS ÊTES MALADE?
NE DISCUTE PAS MES ORDRES, C'EST UNE URGENCE! FINIS DE LES RÉUNIR ET FAIS CE QUE JE T'AI DIT!
BRGLMFF...!
DISCOLO, TU VAS L'AIDER À LES RÉUNIR. FAITES VITE JE COMPTE SUR VOUS!
!
GRMBJIE FHUARENFGRMBJIEFHUARENF!
QUINZE MINUTES AVANT L'ATTERRISSAGE!
NOUS DÉTERMINONS LA ZONE.

GUIDÉS PAR LE FLAIR AIGUISÉ DE TORDU GÉNIAL, NOS AMIS SE LANCENT À LA RECHERCHE DU LIEU D'ATTERRISSAGE...
ON NE PEUT PAS SE PERDRE. C'EST TOUT DROIT. AU NORD! AU NORD!
...QUI SEMBLE UN PEU PLUS LOIN QUE PRÉVU...
DITES M. TORDU, VOUS ÊTES SÛR QUE C'EST PAR ICI?
EH BIEN, JE DIRAIS QUE SELON MES CALCULS... VOYONS...
PENDANT CE TEMPS, GRÂCE AUX POUVOIRS DE DISCOLO, LES BOULES DE KEHU-RON SONT À NOUVEAU RÉUNIES...
JE PENSE QUE TU AS ÉTÉ UN PEU BRUSQUE. MÊME SI CETTE DAME NE VOULAIT PAS NOUS DONNER LA BOULE QUI ÉTAIT TOMBÉE DANS SON SALON, TU N'ÉTAIS PAS OBLIGÉ DE LA LUI INTRODUIRE PAR VOIE ANALE ET DE LA LUI FAIRE SORTIR PAR L'OREILLE!
TOUT EN DISANT TU LA VEUX, HEIN? TU LA VEUX!
JE SAIS CE QUE JE FAIS...

APPARAIS, DRAGON KEHU-RON!
ME VOICI! FORMULEZ VOTRE VŒU!
FUOOOSSSSSS!!
NOUS VOUDRIONS... HEU... NOUS T'ORDONNONS DE RESSUSCITER SOSON GOKU, LEQUEL SE TROUVE DANS L'AU-DELÀ!
!
V... VOUS NE PRÉFÉRERIEZ PAS AUTRE CHOSE? POURQUOI JUSTEMENT ÇA? SI VOUS NE SAVEZ PAS QUOI DEMANDER, JE...
LA VÉRITÉ, PERSON-NELLEMENT...
...

MONSIEUR SOSON GOKU, ON VA VOUS RENVOYER SUR LA TERRE...
C'EST PAS TROP TÔT!
HOP
BON, À LA PROCHAINE. ON ME RÉCLAME EN BAS...
JUDGE GENMA
UN INSTANT, CE N'EST PAS SI SIMPLE, ON NE PASSE PAS D'UN MONDE À L'AUTRE COMME ON CHANGE DE TRAIN! IL Y A DES FORMALITÉS, DE LA PAPERASSE, DES SIGNATURES ICI ET LÀ ... ! ET TOUT ÇA, IL FAUT LE FAIRE MAINTENANT!!
BONHEUR ETERNEL
HA HA HA HA HA HA
ET SI JE VOUS DISAIS QUE JE N'AI PAS DE STYLO?
JE SAVAIS QUE TU DIRAIS ÇA!

HOPITAL - URGENCE
ON SE BARRE D'ICI!!
K-BLAM!!
TU SAIS QUOI FLUNCH? JE TROUVE QUE TU T'EN ES TRÈS BIEN SORTIE AVEC UNE FEMME DE CARACTÈRE COMME MADAME CHICHA.
CRASH!
JE L'EMMERDE!
J'ADORE QUAND TOUT EST À SA PLACE
12

(...)

DITES, M. TORDU, JE COMMENCE À DOUTER DE VOTRE SENS DE L'ORIENTATION !
TROU DE LA COUCHE D'OZONE
HEU... JE... C'EST... UN MOMENT! ÇA NE VA MÊME PAS TOMBER LÀ OÙ ON ESSAIE D'ALLER!
DÉGAGE, SALE BESTIOLE!
QUELLE ERREUR IDIOTE!
MAIS ALORS... OÙ VONT-ILS TOMBER?
OÙ?
CHIUU!
KAME HOUSE

L'ORDINATEUR DE BORD PRÉPARE L'ATTERRISSAGE...
WHOOOSSSS!
ATTACHEZ VOS CEINTURES. INTERDICTION DE FUMER.
BOOOOOUUUM!

WHIIIRR
CLICK!
FSSSH!!

BON, JE PENSE QU'IL EST GRAND TEMPS DE SE METTRE AU TRAVAIL, MON FIDÈLE NAPPALM.
AVEC PLAISIR, CHEF!
JE COMPTE BIEN EMPALER LE GUGUSSE QUI NOUS A PLACÉS EN ORBITE!

À TOUS LES BLAIREAUX D'EN BAS ! ICI DYEU, EN COMMUNICATION DIRECTE AVEC VOS ESPRITS ATROPHIÉS! LES PUYAJINS SONT ARRIVÉS! ILS SONT DANS LES RUINES DE LA MAISON DE TORDU GÉNIAL! ALLEZ LÀ-BAS AU PLUS VITE OU TOUT SERA PERDU!
BORDEL!
SOSON GOKU NE PEUT PAS ENCORE REVENIR, SON RETOUR VA PRENDRE UN MOMENT, VOUS DEVEZ DONC GAGNER DU TEMPS EN LES RETENANT LE PLUS POSSIBLE! ALLEZ-Y!
MA MAISON...
CETTE VOIX DANS MA TÊTE? MA SCHIZOPHRÉNIE NE FAIT QU'EMPIRER!
MERDE! C'EST POUR ÇA QUE J'AI RENONCÉ À MON VOEU?
RUARRR!!
BON, ALLONS-Y ET ESPÉRONS QUE SOSON GOKU ARRIVERA À TEMPS!
WOOMM!!
QUAND TU AURAS FINI AVEC LE FORMULAIRE B-4, TU SIGNERAS LE CAHIER ROUGE, UNE SIGNATURE PAR PAGE. ON GAGNERA DU TEMPS COMME ÇA. APRÈS, JE T'APPORTERAI LE REGISTRE POUR LE REMPLIR DE TA BIOGRAPHIE DÉTAILLÉE, PUIS ON PRENDRA TES EMPREINTES...
AU SECOURS

CHEF, JE DÉTECTE PLUSIEURS GROUPES DE PERSONNES S'APPROCHANT À GRANDE VITESSE!
C'EST BIEN, J'AI BESOIN DE M'ÉCHAUFFER UN PEU APRÈS TOUS CES TOURS À LA CON!
JE LES VOIS! JE LES VOIS! PAR TOUS LES DIABLES! MA MAISON!
火の鳥
DU CALME M. TORDU, LAISSEZ-NOUS FAIRE. ET SORTEZ DE MES PATTES OU ON VA S'ÉCRASER!

RETIRE TA BARBE DE MON VISAGE, VIEUX CHNOQUE!!
OUAAAH!
RRRUMMBLE
MAMAN!
ARF, ARF, NOUS Y VOILÀ! ILS SONT LÀ!
POINTE
C'EST ÇA LES PUYAJINS?
ILS NE SONT QUE DEUX, ON A L'AVANTAGE!
MÉFIONS-NOUS!

ATTENDEZ! UN INSTANT!
QUE PERSONNE NE BOUGE!
VOUS N'ALLEZ PAS COMMENCER SANS NOUS?
BFFFSSSSS!
NOUS RAMENONS CHUN GOHAN! ON ÉTAIT BIEN SUPPOSÉS ALLER LE CHERCHER?
PRRRRRRRRRRRRRR!
!
B&D
IL MANQUE ENCORE QUELQU'UN...
OUAAAAAH!
REGARDEZ, LES VOILÀ!

NOUS AVONS INVOQUÉ LE DRAGON POUR QU'IL RESSUSCITE SOSON GOKU... MAIS IL N'EST TOUJOURS PAS ARRIVÉ... ET JE ME SENS HORRIBLEMENT SALE!
MOI... BEURK!... AUSSI
C'EST PAS BON ÇA, HEIN?
PAS BON DU TOUT
GARDEZ LE MORAL, NOUS SAVONS NOUS DÉFENDRE!
TU L'AS DIT, GRAND-PÈRE!
MAIS QUAND SOSON GOKU SERA LÀ... FAUDRA LUI LAISSER LA PLACE DU CHEF?
BEN, J'SAIS PAS...
À MON AVIS, IL EST PAS AU NIVEAU!
BON, DISCOLO, TOI T'AS UN CERTAIN CHARISME. ET SI TU DEVENAIS LE CHEF?
D'OÙ TU ME TUTOIES, ON N'A PAS ÉLEVÉ LES COCHONS ENSEMBLE!
HEP, HEP, HEP, UN MOMENT! TEMPS MORT! FAUDRAIT PAS OUBLIER POURQUOI NOUS SOMMES ICI, MAINTENANT!
OUPS, C'EST VRAI
OUAIS, LA GAFFE!

JE SUIS LE PRINCE VÉGÉTAL, DE LA PLANÈTE DU MÊME NOM. J'APPARTIENS À LA RACE PUYAJIN, TOUT COMME MON SUBALTERNE, NAPPALM. À NOUS DEUX NOUS ALLONS VOUS RÉDUIRE EN BOUILLIE ET NOUS CONVERTIRONS CETTE PLANÈTE EN MATIÈRE PREMIÈRE POUR ASSAISONNER NOS PLATEAUX REPAS!
BORDEL!
!
DITES, CHEF, CE MEC VERT... IL NE SERAIT PAS DE LA PLANÈTE VIETNAMEC?
MAINTENANT QUE TU LE DIS...
?
HOUA, HOUA, HOUA! ET QU'EST-CE QU'UNE MERDE DE VIETNAMEC FAIT ICI?
ELLE EST BONNE!
J'VAIS ME PISSER DESSUS!
HA
HA
HA
...

ALORS COMME ÇA...!
JE SERAIS UN EXTRATERRESTRE?
HEA
DYEU...
JE... JE NE SAVAIS PAS... QUE J'APPARTENAIS À... UNE RACE DE LOPETTES...
QUELLE... QUELLE HONTE.
BON, TRÊVES DE PRÉLIMINAIRES. ON COMMENCE OU QUOI?
TROUILLARDS!
VOYONS... ILS SONT UNE DIZAINE AU TOTAL, JE PENSE QU'IL VA FALLOIR RÉDUIRE CETTE DIFFÉRENCE...

DE TOUTE FAÇON, JE PENSE QUE ÇA PEUT ÊTRE AMUSANT... ALLEZ, SORS-MOI TON PRODUIT!
AHA!
VOYONS VOIR...
RAC RAC
RUMBLE ZUMBLE
LE VOILÀ!
ICI, METS-EN ICI!
SUR CETTE BESTIOLE, VITE!
LÀ, SUR CETTE PLANTE AUSSI!
SUR CET OISEAU, COURS!
ET SUR CE LÉZARD!
...
...
...
...
...

MAIS QU'EST-CE QUE ÇA VEUT DIRE? C'EST VOUS QUI PARLIEZ D'ÊTRE SÉRIEUX!!
OH... JE PEUX VOUS ASSURER QUE CE QUI VA ARRIVER EST TRÈS SÉRIEUX...
...!
CEUX QUI SERONT TOUJOURS VIVANTS APRÈS S'ÊTRE BATTUS AVEC CES BESTIOLES, POURRONT ENSUITE SE BATTRE AVEC NOUS!
AH, AH, QU'EST-CE QU'ON EST MÉCHANTS!

À L'ATTAQUE!
AAGH! TAZ À LES CROCS!
ON VA VOUS BOUFFER!
ÇA NE VA PAS ÊTRE FACILE, MAIS ALLONS-Y!
QUAND ILS EN AURONT FINI AVEC EUX, ON POURRA COMMENCER À RASER CETTE PLANÈTE. FACILE, NON?
SIMPLE ET EFFICACE, CHEF.
CEPENDANT...
BON, MON GARÇON, ON A PRESQUE FINI. MAINTENANT TU ME FINIS DE REMPLIR CE REGISTRE ET TU M'AMÈNES LE TOUT POUR QUE JE TE LE TAMPONNE... TU VEUX UNE BROUETTE POUR TRANSPORTER TOUT ÇA?

SOYONS SANS PITIÉ!
BOFF!
BOMF!
PAFF!
PUNCH
CETTE GROSSE PUTE DE FOURMI TIENT TIKRILIN!
J'Y VAIS!
KAPOW KAPOW!
PUNCH PUNCH!

*ONOMATOPÉE DE COUPS DE FEU DANS LES PAYS BOUDDHISTES!

BON, ON EN A FINI AVEC LE PIAF, LE LÉZARD ET LA FOURMI. IL NE RESTE PLUS QUE CETTE AUBERGINE PLEINE DE DENTS!
POURQUOI TU NE T'ES PAS OCCUPÉ D'ELLE DÈS LE DÉBUT?!
C'EST QU'IL FALLAIT GARDER L'EFFET DE SURPRISE...
LÂCHE-MOI, CHIENNE!
RATATATATATATA
REGARDEZ!
ME VOILÀ!!
CHAKA!
¡CHAKA!

COMMENT EST-CE QUE TÉ SIN PAH ARRIVE À GARDER L'ÉQUILIBRE AVEC TANT DE BRAS? HÉ, C'EST UNE BD!

IIIP!
BANZAI
BANZAI
BANZAI
BANZAI
GOUI!
C'EST... C'EST QUOI CES TRUCS?
CE SONT DES SOBAÏMEN! UNE VARIÉTÉ DE LENTILLES MUTANTES QUI S'ACCROCHENT FÉROCEMENT À LEUR PROIE! ELLES SONT ÉQUIPÉES D'UN GILET D'EXPLOSIFS ET NE LÂCHENT JAMAIS LEUR PRISE!
ENFIN SI, MAIS EN PETITS MORCEAUX...
HA, HA! PUTAIN, COMME J'Y VAIS!
DITES, CHEF... ET NOUS, ON SE BAT QUAND?
JE ME SUIS ENDORMI!
AIGH!

GOUI!
JE PENSE AVEC MON CUL
BOUM!!
MOI AUSSI
BOUM!!
!?!
BANZAI
BANZAI
BOUM!!
TOUJOURS METTRE... UN PRESERVATIF...

YANSHA!
MAÎTRE TORDU!!
LES DEUX TÊTES DE BURNE!
QU'EST-CE QUE VOUS PENSIEZ? QUE TOUT ÇA N'ÉTAIT QU'UN JEU? BEN OUI ÇA L'EST, MAIS C'EST NOUS QUI EN IMPOSONS LES RÈGLES!
HA, HA, HA...
JE SUIS LE MEILLEUR DANS MA CATÉGORIE!

MAINTENANT, QUE CEUX QUI SONT ENCORE EN VIE ESSAIENT DE NOUS VAINCRE AU COMBAT! CHACUN SON TOUR...
HÉ, HÉ, LEUR ÉNERGIE EST ABSOLUMENT RIDICULE...!
J'SUIS PAS CON, NON PLUS!
...
KKK...
JE COMBATTRAI LE PREMIER!

TRÈS BIEN. VOYONS DE QUOI VOUS ÊTES FAITS!
HÉ!
LAISSEZ-MOI ME BATTRE EN PREMIER, CHEF!
VAS-Y, FAIS TOI PLAISIR...
LE PAUVRE, IL COMMENÇAIT À S'ENNUYER...
WOOOOH!
YAAAAA!

ET SI, POUR CHANGER, VOUS REGARDIEZ OÙ VOUS ALLEZ? HEIN?
!
!
HEU... EHEM... HEM... ALLEZ, AU TRAVAIL! JE VAIS TE PULVÉRISER AVEC MON ATTAQUE SPECTRALE!
ROARRRR!!
AH OUI? ET BEN MOI J'AI UNE LIGNE DÉFENSIVE D'ENCHANTEMENT DE LA TERRE ET UN LORD OF THE PIT!
AH OUAIS, ET T'AS UN ÉLÉMENT DE L'AIR?
PREND-ÇA, DOUBLE TERRE!
RIEN À FOUTRE! J'AI UNE FURIE DE DYEU, ALORS JE T'EMMERDE!
ENCULÉ!
GROSSE PUTE!
PLUS DE MANA, C'EST LA GUERRE!
...

AH... ENFIN!
PARDONNE-MOI, C'EST QUE JE T'AVAIS OUBLIÉ...
MAIS À QUOI ILS JOUENT, CES DEUX LÀ?
AUCUNE IDÉE!
UN TRUC MAGIQUE...
HUM!
...
...
HUM!
PLIS
HEU... C'ÉTAIT À MON TOUR, NON?
COMMENT? BEN... HEU... OUI, OUI, BIEN SÛR...
AHA!
AGH, LE CONNARD! IL M'A BIEN EU!
KAPO

BIEN... NAPPALM. ET SI TU T'OCCUPAIS DE L'HOMME-ARAIGNÉE, LÀ?
HEU... HEIN... QUI ÇA? QUI ÇA?
TIENS, VOILÀ LES REGISTRES D'ENTRÉE ET DE SORTIE. TU NE DOIS EN SIGNER QU'UN DE CHAQUE POUR...
HÉ! IL A DISPARU!

«THAT'S ALL FOLKS.»
GLUP!
...
OUCH!
HA, HA, HA, HAAA!
JE T'AI ARRACHÉ UN MORCEAU!
ET?
!

BON... TANT PIS POUR TOI... ÇA VA ÊTRE PLUS LONG...
KRASH!
SMASH!
OUCH!
ARGH!
KRECK!
NON, PAS LÀ!
OUILLE
OUILLE
OUILLE
OUILLE
AÏE, ÇA FAIT MAL...
JE T'AI ARRACHÉ UN MORCEAU!
TÉ SIN PAH! TU ME DOIS TOUJOURS MILLE BALLES! JE NE TE LAISSERAI PAS MOURIR!
TU PERMETS QUE JE TE METTE CE PETIT PÉTARD DANS LE CALEBAR!
CLIC!

BANG!
NAPPALM ! FINIS DE DÉCORTIQUER LE CRÂNE D'ŒUF PARCE QU'APRÈS, C'EST MON TOUR!
ÇA N'A QUE TROP DURÉ!
FLUNCH, T'AS REFILÉ QUEL GENRE DE GRENADE À HAVOC?
LA FERME! C'EST MOI ET MOI SEULE QUI M'OCCUPE DE SAUVER MON MEC! DES COMMENTAIRES?
CLAC!
NON, MAIS MOI À TA PLACE JE ME BOUGERAIS LE CUL, SI TU VEUX ENCORE SAUVER QUELQUE CHOSE...

JE... J'UTILISERAI LES FORCES QUI ME RESTENT POUR... LANCER... MA... MA PLUS PUISSANTE ATTAQUE...
BON... JE SUIS FATIGUÉ DE JOUER...
CANON D'ÉNERGIE!!

CHAFF!!
...
BAOUMM
BROOOM!
VOUS AVEZ VU?
QU'EST-CE QUI S'EST PASSÉ?
...

!!
...
ET MERDE!
FRAGOOM

NOOON!!
FEU À VOLONTÉ, TOUS SUR LE FILS DE PUTE!!
BRAKKKKABUDDABUMM!!
PUTAIN MON GARS... ILS METTENT LE PAQUET...
BOUM!!

!!
HO
HO
HO
HO
HO
MMMM!!
J'AI ENFIN RÉUSSI À M'ÉCHAPPER!
J'EN POUVAIS PLUS, JE VOIS DES SIGNATURES PARTOUT!

COUVERTURES ORIGINALES (des auteurs originaux)

MARIA
?
?
GRACIAS POR PARTICIPAR
GÜINER
LOSER
NACHO 02
&
JEJE

MOI ROBOT

PLANÈTE VIETNAMEK.
SES HABITANTS SONT CHAUVES ET N'ONT PAS DE SEXE.
MÊME AINSI, ILS SONT HEUREUX.
AUJOURD'HUI, ILS CÉLÈBRENT LA VINGT-CINQUIÈME FOIRE DE LA SCIENCE, DE LA TECHNOLOGIE ET DE LA CUISINE DU NAVET SAUVAGE.
MMM! LES NAVETS DU GRAND ANCIEN SONT DÉLICIEUX! T'EN VEUX UN?
MOI LES NAVETS JE TROUVE ÇA DÉGUEU... JE PRÉFÈRE LE POISSON...
COMMENT PARVENEZ-VOUS À LEUR DONNER CE PETIT GOÛT AMER? UN JOUR, IL FAUDRA NOUS DONNER LA RECETTE...
HU, HU, HU, REGARDONS LES AUTRES INVENTIONS. IL NE NOUS RESTE QUE DEUX FINALISTES.
QUE PRÉSENTES-TU, KATTATSU?
J'AI INVENTÉ UN ROBOT.
TA-CHĀN
OOOOH!
LA CLASSE!
C'EST QUOI UN ROBOT?
IL PEUT MARCHER.
HOP HOP HOP
IL PEUT PARLER.
...
HUM. IL EST UN PEU TIMIDE.
ET POUR FINIR... IL POND AUSSI DES ŒUFS!
MMM! ILS SONT AU CHOCOLAT.
ET IL Y A UN JOUET DEDANS! COOL!
PEUT-IL SE RÉGÉNÉRER, COMME NOUS AUTRES?
SI IL Y A QUELQU'UN DANS LES PARAGES POUR LE REVISSER, OUI.
OUPS!
ÑIEC ÑIEC
IL A LA PARTICULARITÉ DE NE JAMAIS SE TROMPER, C'EST POUR ÇA QU'IL S'APPELLE «LOGIQUE».
LOGIQUE.
EXACTEMENT.

PEUX-TU PROUVER QU'IL NE SE TROMPE JAMAIS?
BIEN SÛR. LOGIQUE...
MMM. TOUT À FAIT DÉLICIEUX...
ÑAM
ÑAM
VOUS AIMEZ VOUS METTRE DES NAVETS DANS LE FION ET LES LAISSER Y FERMENTER.
PFFF!!
VOILA!
C-C'EST PAS CE VOUS CROYEZ...
FLAS
JE VAIS VOMIR!
MERDE, J'AI PONDU SANS LE VOULOIR.
BON, CEST PAS GRAVE, CE SOIR JE ME FAIS UNE OMELETTE!
EHEM, POURSUIVONS AVEC LES FINALISTES, LE TEMPS PRESSE.
OUI, ON Y VA.
MOI J'AI INVENTÉ LA MACHINE MÉTÉORE!
QUELLE BEAUTÉ! QUE FAIT-ELLE?
SI ON L'ACTIVAIT, ELLE SERAIT CAPABLE DE PROVOQUER UNE PLUIE MORTELLE DE MÉTÉORES QUI DÉTRUIRAIENT TOUT.
AH! TU PEUX LE PROUVER?
SI VOUS INSISTEZ...
NON.
TU AS GAGNÉ LE PREMIER PRIX. TU N'AS PAS BESOIN D'ACTIVER TA MACHINE!
EH! C'EST N'IMPORTE QUOI!
DU CALME, KATTATSU...
C'EST PORT-NAWAK.
VOUS VOYEZ? LOGIQUE NE SE TROMPE JAMAIS.
KATTATSU PENSE QUE VOUS ÊTES TOUS DES MERDEUX LÂCHES ET DES TROUS DU CUL.
HEU...

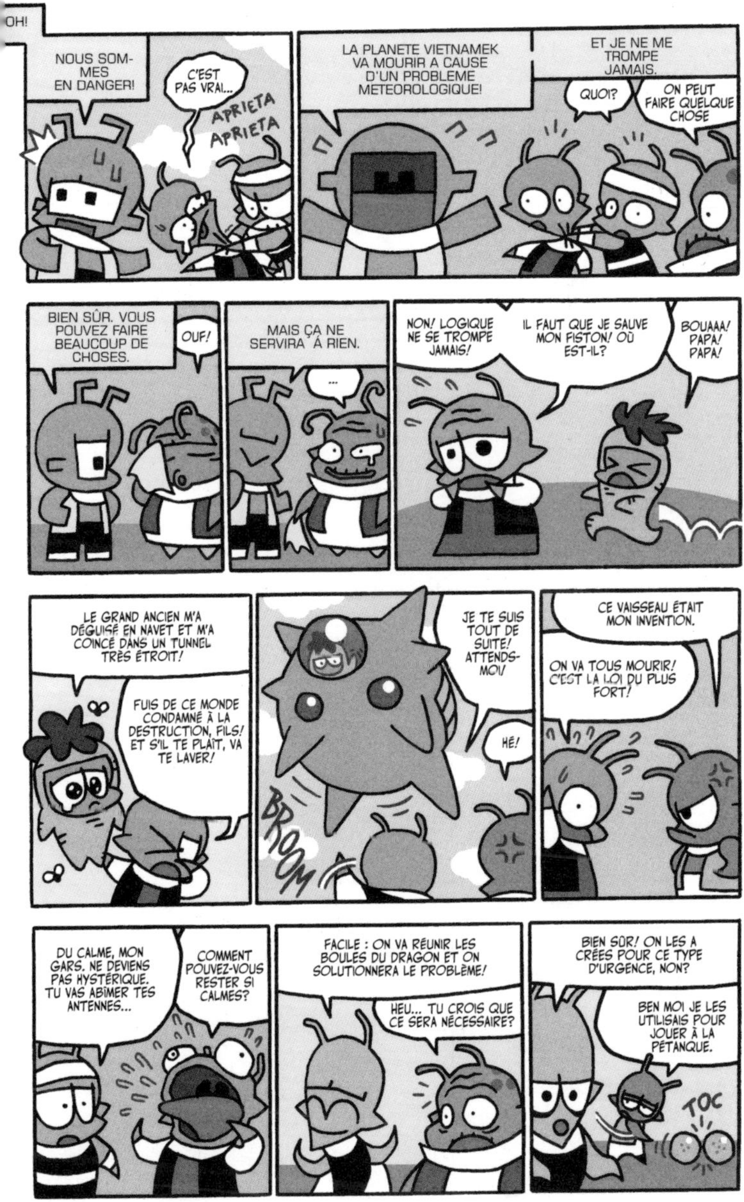
OH!
NOUS SOMMES EN DANGER!
C'EST PAS VRAI...
APRIETA APRIETA
LA PLANETE VIETNAMEK VA MOURIR A CAUSE D'UN PROBLEME METEOROLOGIQUE!
ET JE NE ME TROMPE JAMAIS.
QUOI?
ON PEUT FAIRE QUELQUE CHOSE
BIEN SÛR. VOUS POUVEZ FAIRE BEAUCOUP DE CHOSES.
OUF!
MAIS ÇA NE SERVIRA À RIEN.
...
NON! LOGIQUE NE SE TROMPE JAMAIS!
IL FAUT QUE JE SAUVE MON FISTON! OÙ EST-IL?
BOUAAA! PAPA! PAPA!
LE GRAND ANCIEN M'A DÉGUISÉ EN NAVET ET M'A COINCÉ DANS UN TUNNEL TRÈS ÉTROIT!
FUIS DE CE MONDE CONDAMNÉ À LA DESTRUCTION, FILS! ET S'IL TE PLAÎT, VA TE LAVER!
JE TE SUIS TOUT DE SUITE! ATTENDS-MOI!
HÉ!
BROOOM
CE VAISSEAU ÉTAIT MON INVENTION.
ON VA TOUS MOURIR! C'EST LA LOI DU PLUS FORT!
DU CALME, MON GARS. NE DEVIENS PAS HYSTÉRIQUE. TU VAS ABÎMER TES ANTENNES...
COMMENT POUVEZ-VOUS RESTER SI CALMES?
FACILE : ON VA RÉUNIR LES BOULES DU DRAGON ET ON SOLUTIONNERA LE PROBLÈME!
HEU... TU CROIS QUE CE SERA NÉCESSAIRE?
BIEN SÛR! ON LES A CRÉES POUR CE TYPE D'URGENCE, NON?
BEN MOI JE LES UTILISAIS POUR JOUER À LA PÉTANQUE.
TOC

BON, ON A RÉUSSI À EN RÉUNIR SIX, MAIS ON TROUVE PAS LA SEPTIÈME.
LOGIQUE DIT QU'ELLE EST DANS LE TROU DU CUL DU MONDE.
HUM.
CE QUI EST BIZARRE C'EST QU'ELLES BRILLENT ET ELLES NE LE FONT QUE SI LES SEPT SONT RÉUNIES.
UN MOMENT. VOUS, LE GRAND ANCIEN! VOTRE NOM, C'EST BIEN...
...UMONDE?
DANS LE TROU DU CUL DU MONDE? EURK!
JE NE VAIS PAS LA SORTIR DE LÀ. LES NAVETS C'EST DÉGUEU.
PAS BESOIN...
GRAND DRAGON POLUNGA, NOUS T'INVOQUONS!
FWOOSH!
POURQUOI ME DÉRANGEZ-VOUS, INSIGNIFIANTS MORTELS?
ARRÊTE DE TE LA PÉTER UN PEU, C'EST NOUS QUI T'AVONS CRÉÉ, ET NOUS POUVONS RÉSILIER TON CONTRAT À N'IMPORTE QUEL MOMENT.
ZUT.
NOUS VOULONS QUE TU RETIENNES LE MAUVAIS TEMPS QUI ARRIVE!
C'EST NOTÉ!
ET COMME VOUS POUVEZ LE CONSTATER, LES BOURRASQUES DE L'OUEST S'EFFACERONT POUR LAISSER PLACE À UN AGRÉABLE CIEL DÉGAGÉ...
A
B

ET RAPPELEZ-VOUS, SI VOUS PARTEZ EN VOYAGE, CONDUISEZ AVEC PRÉCAUTION ET NE VOUS DROGUEZ PAS.
SAUVÉS!
IL SEMBLERAIT QUE TON LOGIQUE POUVAIT SE TROMPER, FINALEMENT.
JE NE ME TROMPE JAMAIS. HMPF!
BEN ÇA, C'EST LA PREMIÈRE FOIS QUE JE VOIS UN ROBOT EN ROGNE.
BON, IL EST VRAI QUE C'EST AUSSI LA PREMIÈRE FOIS QUE JE VOIS UN ROBOT.
JE PENSE QUE CECI NE SERA PLUS NÉCESSAIRE.
NE L'OUVRE PAS DANS LA MAISON, ÇA PORTE MALHEUR!
QUELLE CONNERIE! QU'EST-CE QUI PEUT SE PASSER, LE TOIT VA ME TOMBER DESSUS?
CRACK
MERDE!
NON! UNE PLUIE DE MÉTÉORITES EST EN TRAIN DE TOUT DÉTRUIRE!
QUELQU'UN A DÛ ACTIVER TA MACHINE!
OH, NON, ME DIS PAS QU'ELLE FONCTIONNAIT!
LES MÉTÉORITES ACHÈVENT LES VIETNAMEKS SANS AUCUNE COMPASSION...
AÏE!
OUCH!
PUTAIN, PAS D'BOL!
COMME JE L'AI DIT, VIETNAMEK MOURRA D'UN PROBLEME...
...METEORO...
...LOGIQUE.
JE NE ME TROMPE JAMAIS...
JAMAIS.
HUM.
Y'A QUELQU'UN DANS LES PARAGES, QUI POURRAIT ME RE-VISSER?

FIN

Et ne ratez sous aucun prétexte
la suite des aventures délirantes
de Soson Goku et de ses petits
camarades, dès le mois prochain, dans
le troisième tome de Dragon Fall...